KB177215

원전으로 읽는
최척전 주생전

김경조 옮김

원전으로 읽는

최척전
주생전

김경조 옮김

도서출판
수류화개

추천사 1

서현경(문학박사)

보도블록을 따라 길을 걷다 보면 문득 지나온 발자국이 하나도 보이지 않는다는 사실을 새삼 발견한다. 매일 걷는 길인데 때로 무심할 정도이다. 대학에서 20년 동안 한문을 가르쳤지만 나와 함께 읽은 글을 성과로 낸 경우를 만나기도 쉽지 않다. 분명 한 해도 쉬지 않고 가르쳤건만 글을 쓴다는 건 역시 어려운 일인가 보다.

김경조 시인을 알게 된 시간을 꼽아보니, 우연히도 20년 세월이었다. 대학 밖에서 만난 공부 인연이라 졸업 없는 동학의 길을 쉼 없이 함께 걸을 수 있었나 보다. 그러다 보니 큰 명성을 가진 학자의 아내로서 부군을 제치고 나를 글 선생으로 선택해준 고마움은 은근한 나의 자랑인 셈이다.

연전에 팬데믹으로 모두가 어려웠던 시절을 위로하고자 환란을 이겨낸 문학이란 주제로 〈최척전〉과 〈주생전〉 특강을 진행했었다. 당시 전통문화연구회에서 녹화 강의로 진행하고 있던 주제인데, 내용이 무척 아름다워서 우리들의 예인서원에서도 별도로 병행하였던 특강이었다. 고전소설 〈최척전〉과 〈주생전〉은 분명 시인의 마음을 훔친 작품이었던 게다. 고전소설들이 시인의 손에서 재탄생하게 된 본풀이의 전모를 곱씹다 보니, 공부의 결과를 흔적으로 남기는 것은 실로 용기와 성실이 있어야 함을 알겠다. 게다가 오랜 공부의 견실한 내공을 섬세한 시인의 감수성으로 풀어낸 울력은 쉽게 따라하기 어려운 일이다.

숨 쉬는 지금의 문학으로 옛 고전소설이 거듭나는 마법을 엿보고 싶다면 주저말고 당장 이 첫 페이지를 넘겨보라는 권유로 추천사를 갈음하고자 한다.

추천사 2

이광호(전 연세대학교 철학과 교수)

김경조 시인이 조위한의 〈최척전〉과 권필의 〈주생전〉이라는 한 문 단편소설을 번역했다기에 원전과 번역문을 얻어서 읽어보았다. 두 소설이 모두 임진왜란을 배경으로 한 소설이라는데 나는 먼저 놀랐다.

송강 정철의 문인인 권필이 지은 〈주생전〉의 명나라 청년의 사 랑과 조위한의 〈최척전〉의 사랑은 경우가 달랐다. 두 소설 모두 사랑을 주제로 하지만 〈최척전〉의 사랑은 평화와 행복으로 이어 지고, 〈주생전〉의 사랑은 불행과 슬픔으로 이어지기 때문이다. 나는 조선 젊은이들의 사랑과 삶에 더 많은 관심이 갔다. 그것은 임진왜란과 정유재란, 그리고 정묘호란과 병자호란을 거치면서도 83세를 산 저자 조위한의 인생 여정 자체만으로도 나의 관심을 끌기에 족해서다.

〈최척전〉은 저자가 낙향하여 살던 남원을 배경으로 임진왜란에서 시작된다.

정유재란으로 흩어져 살던 부부가 숱한 고난을 헤치며 완전한 가족울타리를 완성해나가는 드라마 같은 장면들이 연속되며 긴장과 흥미가 더해간다. 게다가 전쟁이라는 극한 상황에서도 인간적인 면모를 잃지 않고 인류를 사랑하고 평화를 지향하는 사람들이 곳곳에 있다는 점이다. 이들이 있기에 전쟁소설이라는 〈최척전〉이 사랑과 평화의 소설이 된다고도 생각한다.

그 중에서도 가장 감동적인 인물은 확고한 삶의 자세로 눈앞에 닥치는 역경들을 용감하고 슬기롭게 헤쳐 나가는 주인공 옥영이다. 그리고 여주인공이 삶을 포기하려 할 때마다 위로하며 힘을 북돋아주는 '보이지 않는 손'도 감동의 맛을 더해준다.

이런 점들이 유학을 공부하는 나에게 흥미롭게 여겨져 함께 생각해보는 기회를 갖자는 것으로 감히 추천의 변으로 삼는다.

또 시인으로 살아온 작가가 한문소설을 번역하여 세상에 낸다니, 사십 년 넘게 함께 살아온 사람으로서 위로와 격려를 담아 한마디 부치지 않을 수 없다.

서문

　처음 〈최척전〉과 〈주생전〉의 원문을 읽는 순간부터 번역해야겠다는 생각이 들었다. 두 작품이 400년이 넘는 긴 시간을 버틴 것만으로도 그럴만한 가치는 충분하기 때문이다. 특히나 동북아시아의 산과 물을 넘나드는 장쾌함에다 드라마틱한 스토리의 섬세함까지 더하여 글 읽는 재미를 더해주었다. 또한 그 시대를 살아온 당시의 사람들이 직접 쓴 글이기에 감동은 더욱 진했다. 특히나 실재하는 사건과 사람들이기에 번역이라는 가공물로 더욱 재탄생시키고 싶었다.

　그러나 번역이라는 새로운 창조에 발을 들이미는 순간 내 언어의 빈약함에 경악하였고, 내 지식의 얄팍함에 펄펄 끓는 가마솥에 오르는 김처럼 두려움이 일었다. 시공간을 초월한 시 속에서

만 맘껏 날아다니다가 소설이라는 장르가 이처럼 완벽한 과학이라는 걸 다시 깨닫게도 되었다. 어느 한 단어라도 아귀가 맞지 않으면 퍼즐이 완성되지 못한다는 점이다. 좀 더 치밀하게 선택하여 어느 것도, 누구도 제 역할을 다하는 완벽한 설계도가 완성되어야 완벽한 작품이 되는 것이 소설이었다.

두 작품의 창작시기를 살펴보면 〈주생전〉이 28년을 앞선다.

〈주생전〉은 1593년 임진왜란이 발발한 다음 해 25세인 권필이 주인공과 비슷한 연배에 쓴 것으로 전쟁이 일어나 명의 원군이 개성 이남으로 진격한 때로 나타난다. 즉 조선을 향한 일본의 침략 전쟁인 국제전에 조명연합군으로 참전하게 된 명나라의 젊은이 이야기이다.

〈최척전〉은 1621년 조위한이 55세에 남원에서 쓴 소설이다. 임진왜란과 정묘재란이 끝났지만 참여국 세 나라는 각기 황폐해졌다. 조선의 관군과 백성들은 일본의 침략에 수많은 방어와 그들보다 더 많은 공격으로, 또 명나라 군사의 주둔으로 정신적, 물질적으로 피해가 가장 컸다. 전쟁에 의해 일방적으로 당하는 한 집안의 헤어짐과 만남이 다른 나라까지 확대되어 국제 난민으로 떠도는 안타까운 이야기이다.

그때나 지금이나 우리는 지정학적 요인으로 국제정세에 따라 불안과 걱정으로 위축되어 있음을 확인하곤 한다. 우리는 그 불안

한 순간마다 가슴 아파하고 분노도 한다. 국민 모두가 꾸준히 지키고 닦아서 이 땅을 굳건히 하는 데에 힘을 모을 수밖에 다른 방법이 없다는 걸 잘 알고 있을 것이다.

나의 저 깊은 곳에 희미한 호롱불 밑에서 야학을 하던 아버지의 젊은 날이 스치면, 서늘한 밤공기 속에서 할머니 등에 업혀 문을 넘는 아버지의 목소리 따라 가위, 나비를 따라했던 순간들이 아득하지만 손에 잡힐 듯 가까운 기억이 일어선다.

또 책을 좋아하셨지만 한쪽 시력을 잃으신 할머니를 위해 중년이 된 아버지의 책읽기는 매일 밤의 일과였고, 일가의 여자들이 안방 호롱불 밑으로 모여들곤 하였다. 지금은 구할 수도 없는 얇은 누런 종이에 인쇄된 잔글씨의 각종 전傳과 록錄들이었다. 할머니는 조선왕조의 흥망성쇠를 읊은 가사인 〈한양가漢陽歌〉를 제일 좋아하셨다. 그 다음이 《임진록壬辰錄》이었다. 특히나 왕비들의 가문에 대해 관심이 많으셨다. 이렇듯 어른들의 이야기책에 익숙해서인지 두 한문소설을 번역하여 지금은 계시지도 않는 고향의 어른들께 들려드리고 싶었다.

그러나 나는 이 작품들이 벌써 번역되어 교과서에 실린 것도 몰랐던 문외한이었다. 교재였던 두 소설을 번역하여 활동 중인 독서회에서 작년 봄에 토론을 마친 후에야 한 회원에 의해 이 작품들이 번역출간된 것을 알게 되었다. 그런 이유로 1년 반 가까이 남의 자식인 양 버려두었다. 파일을 정리하던 남편이 버리기엔 아깝다며 힘을 실어주었고, 게다가 원문에 대한 나의 어설픈 해석부분에 같이 힘써준 덕분으로 책이 만들어지게 되어 더없이 고맙다.

예인서원의 서현경 선생님께서 길을 터주시고 추천사까지 보내주심에, 또 수류화개의 전병수 사장님과 배민정 편집장의 꼼꼼한 교정과 편집에 무한한 감사를 드린다.

이 책을 대하는 여러분의 즐거운 독서를 바랍니다.

2022년 8월 풍아재에서

| 차례 |

제1부

작품 소개

Ⅰ. 최척전

1. 한문원본에 대하여

〈최척전〉은 1621년(광해군 13) 조위한이 55세에 창작한 고대소설로 1권 1책으로 구성되어 있으며 한문필사본이 전한다. 겉표지에는 '기우록奇遇錄'이라 쓰여 있고 작품의 첫머리에 '최척전崔陟傳'이라는 표제를 붙여 놓았다. 끝에는 '천계원년신유윤2월일 소옹제天啓元年辛酉閏二月日 素翁題'로 되어 있고, 필사를 한 사람이 또 한 줄 붙여 '소옹조위한호 우현곡素翁趙緯韓號 又玄谷'이라 적어놓았다. 천계원년은 명 희종 1년(1621)이고, 소옹은 조위한의 호다. 이 두 가지 사항으로 창작연대와 창작자를 확인할 수 있다.

〈최척전〉은 조위한이 유몽인(1559~1623)의 《어우야담於于野談》의

〈홍도紅桃〉를 소재로 취하여 소설화했을 가능성이 있다는 주장도 있다.

〈최척전〉의 이본으로 서울대학교 도서관 일사문고본과 고려대학교 도서관본이 있으며 내용에는 별반 차이가 없다.

2. 저자 – 조위한趙緯韓(1567 명종 22~1649 인조 27)

본관은 한양, 자는 지세持世, 호는 현곡玄谷, 소옹素翁으로 공조참판 지중추부사를 지낸 문신이다. 부친은 증판서 조양정, 어머니는 한응성의 딸이다. 형은 조유한이며 동생은 조찬한이다

1592년 임진왜란 때 의병장 김덕령의 진중에 종군하여 활동하면서 우계牛溪 성혼成渾의 문인이 되었다. 정유재란 무렵 모친상 중에 부인의 상을 당했다. 1601년 사마시를 거쳐 1609년(광해군 1) 증광문과에 갑과로 급제하여 주부, 감찰 등을 지냈다. 1613년 대북파가 일으킨 계축옥사에 연좌되어 파직되었다. 1618년 2월에 가솔들을 이끌고 남원으로 옮겨 왔고, 4월에 동생 조찬한과 지리산을 유람하였다. 1623년 인조반정으로 성균관 사성으로 재등용되었고, 1624년 이괄의 난을 토벌하여 서울을 지켰다. 정묘, 병자호란 때도 관군과 의병을 이끌고 항전하였다.

그 뒤 벼슬에서 물러났으나 다시 등용되어 동부승지, 직제학을 지내고 공조참판에 이르렀으며, 80세에 자헌대부에 오르고 지중추부사를 지냈다.

조위한의 저서로는 문집 《현곡집玄谷集》과 가사 〈유민탄流民嘆〉, 한문소설 〈최척전崔陟傳〉 등이 있다.

3. 소설의 주제

이 소설은 400여 년 전에 쓰인 한문소설이다. 1592년 임진왜란에서부터 1597년 정유재란, 또 1618년 부차전투를 거치는 명, 청 교체시기에 한 가정이 겪은 역사라고 볼 수 있는 전쟁소설이며 역사소설이다. 이 작품을 관통하는 단어는 사랑과 믿음으로 볼 수 있다. 그리고 또 하나 전쟁이다. 전쟁은 언제나 폭력적이어서 당하는 백성들은 늘 삶을 빼앗긴다. 특히나 하층민들은 심각한 삶의 낭떠러지로 밀려나게 된다. 그런 전화 중에도 양반들은 군역이 면제된다. 이 작품에서도 군역을 피하기 위해 최척에게 과거공부를 하라는 아버지의 권유대목이 있다.

그러나 막상 전쟁이 발발하면 그 아픔과 시련과 죽음은 백성 공통의 몫이 되어 그들의 일상은 전쟁으로 평범한 사람들의 일상은 완전히 파괴된다. 헤아릴 수 없이 발생하는 이산과 고난의 아픔을 품고 가슴 울리는 인간애와 사랑, 믿음으로 그 세월을 견디며 살아가야 한다. 아비규환의 전쟁과 피난 중에서도 서로를 돕고 불쌍히 여기며 살아가는 모습은 사람이 사는 땅 어디에나 인간애가 존재한다는 걸 잘 보여주기도 한다.

특히나 소설 속의 이옥영은 여성이지만 곧은 자기주장과 예리한 판단으로 시공간을 뛰어넘어 완전한 사랑과 가정을 만들고 지켜내게 된다. 최척과 이옥영은 서로에 대한 믿음으로 사랑을 얻었고 전쟁 중에서도 그 믿음을 버리지 않았다. 전쟁은 이 부부의 사랑을 더욱 끈끈하게 만들고 더 진한 유대를 갖게 해주었다.

사실 이 소설의 주인공은 옥영이라고 볼 수 있다. 여주인공이 가정과 사회, 국가의 상황에 맞추어 자존감을 놓지 않고 의리에 맞추어 살아가는 모습을 사건의 순서에 따라 진행하고 있기 때문이다.

조선 중기에 이런 여성을 주인공으로 하여 사실적인 표현으로 당시의 사회와 역사의 본질적인 문제를 제기한 작품은 흔치 않아서 그만큼 호소력도 지니고 있다. 그러나 한편으로는 고대소설의 특징인 중요장면에서의 우연은 벗어나지 못하였다. 이 작품에서 여주인공이 사랑과 신의로서 스스로 배우자를 선택하여, 혼인을 반대하는 부모를 설득하고 가정을 이루는 모습은 400여 년이 지난 21세기의 현대여성이라 하여도 전혀 놀랍지가 않다.

4. 소설의 배경

 최척이 정유재란을 만나 고난 끝에 가정을 이룬 남원을 떠나 여유문을 따라 명나라에 처음 안착한 곳은 절강성 요흥(이 지명을 확실하게 찾을 수 없었다)이었다. 여유문이 죽자 여러 곳을 떠돌던 최척은 항주사람 송우의 권유로 같이 장사를 다니게 되었다. 안남에서 일본 장사배를 타고 온 옥영을 만나 항주에 살면서 몽선을 낳게 되었고, 그 후 며느리를 맞아들이게 되었다. 항주에서 최척이 사르후 전투에 징집되었고 조선에 살아있던 최척의 아들 몽석도 같은 전투에 참전한다. 옥영은 강한 집념으로 남은 세 식구와 배를 마련하여 조선으로 오게 된다. 간단하게 두 번의 왜란과 사르후전투에 대하여 정리해보면 다음과 같다.

1) 임진, 정유왜란과 남원

 정유재란으로 남원성은 완전히 잿더미가 되었다. 일본은 임진왜란의 패배 원인이 곡창지대인 호남을 점령하지 못했기 때문이라 여겼다. 정유년(1597)에 다시 일본이 호남에 쳐들어와 56,000여의

왜병으로 10,000여 명 밖에 안 되는 남원성 안팎의 주민들을 철저하게 유린하였다. 7년 동안의 임진, 정유 양 난 중에서 남원성 전투가 가장 처참한 것으로 학계는 평가하고 있다.

1597년, 8월 13일부터 16일까지 남원성 주변의 백성들과 관군이 힘을 모았지만 겨우 나흘을 버티고 함락되었다. 그러나 이 나흘은 후방의 의병규합과 군대 재정비의 시간을 벌어주어 1598년 11월에 7년 전쟁의 끝을 내게 하였다. 살아남은 사람들은 성안에서 죽은 수많은 시신을 모아 '만인의총萬人義塚'을 만들었다. 이 무덤에는 왜군의 전리품으로 이용된 코와 귀가 베어진 셀 수 없는 사람들이 묻혔다고 전한다. 남원성은 임진, 정유 두 전쟁을 치루면서 서로를 애처롭게 여기며 살아가야 했던 민중들의 삶의 현장이기도 하였다.

남원성의 구국정신은 이후 동학의 발원지가 되었고 호남에서 3.1운동이 처음으로 일어나게 되었으며, 또 그 정신은 오늘날까지 이어지고 있다.

김시습의 〈만복사저포기萬福寺樗蒲記〉와 〈최척전〉의 무대였던 만복사는 《동국여지승람》의 〈남원도호부〉에 의하면 고려 문종 재위(1046년 5월~ 1083년 7월) 때 창건되었다. 이 절을 중심으로 남원부가 형성되었고 정유재란 때 남원성과 함께 거대한 잿더미가 되었다. 지금은 넓디넓은 잔디밭에 겨우 몇 기의 유물들만 보존되어 만복사유지(사적 제349호)라는 팻말을 달고 있다.

또 작가 조위한은 1613년 계축옥사로 파직되고서 1618년 2월에 식구들을 이끌고 남원으로 옮겨가 자리 잡았다. 4월에 동생 조찬한과 함께 지리산과 주변 여러 곳을 유람을 하며 많은 시와 《두류록》을 남긴 것을 보면, 20여 년 전 정유재란 때 왜군에게 함락된 남원과 그 부근 지역의 끔찍한 사정에 대하여 훤히 알았다고 추측할 수 있다.

2) 사르후 전투

이 소설에서 호胡라는 이름의 땅이 여러 번 나온다. 여진족, 즉 누루하치가 1616년에 세운 후금 땅으로 우리가 흔히들 '만주'라고 부르는 지역을 이르는 말이다.

누루하치의 후금과 명 사이에 크고 작은 국경다툼이 수없이 벌어진다. 그 중에서도 명이 기울어지면서 점차 심해진 누루하치의 도발은 1618년에 대대적으로 시작된다. 이 때 일어난 부차전투는 사르후전투의 일부이다.

후금의 누루하치가 세력을 키워 만주 대부분을 차지하며 명의 무순성을 함락시키고 장수들과 병졸들을 전멸시키자, 명은 조, 명 연합군으로 누루하치를 토벌하고자 하였다. 명이 임진란 때 원병한 걸 내세워 조선에게 원병을 청하였다. 광해군은 중립외교를 주장하나 신하들이 적극적으로 명에 파병할 것을 주장하며 후금을 오랑캐라 얕보았다. 임진왜란 때 파병되었던 양호 장군이 요동총사령관을 맡게 되자, 명분상 광해군도 버틸 수가 없었다. 1618년 가을에 군사 13,000여 명과 군마 1,000여 필로 강홍립을 도원수로 삼아 파견하면서 광해군은 '형세를 보아 향배하라'는 밀지를 보낸다.

그해 겨울 압록강을 앞에 두고 창성(평안도 북쪽 국경지대의 역)에서 버티다가, 다음해인 1619년 2월 19일에 끝내 도하가 시작되었다. 명의 두송 장군이 이끌던 가장 강력한 북로군이 사르후에서 먼저 후금군에게 대패하여 괴멸되었다. 동, 서군의 다른 부대들도 며칠 내에 잇달아 패배하자 양호는 후퇴명령을 내리게 된다. 조선군은 하나 남은 남로군 유정부대에 합류하였지만 후퇴명령이 전달되지 않았다.

조선군은 기병부대인 후금과 상대가 되지 않는 전투로 1619년 3월 4일 부차 한 자리에서 7,000여 명이 도륙 당했다. 3월 5일에 조선군이 항복하면서 강홍립, 김경서, 이민환 등 4,000여 명이 압송되었다. 강홍립과 김경서 두 장군이 항복하지 않자, 누루하치가 조선군을 모두 죽이려 했지만 옆에서 말려 겨우 진정하였다고 한다. 3월 23일엔 누루하치가 조선군 중 양반만 가려내어 400~500명을 죽였다. 이것은 이민환의 《책중일록柵中日錄》을 통해서 자세하게 알 수 있다.

후금은 이 전투로 요동을 완전히 석권하였다. 부차전쟁에서 포로가 된 조선군들은 두 번에 걸쳐 떼죽음 당했다. 나머지는 분산 수용되고 일부는 도망하여 후금에 동화되었으며 극소수만이 조선으로 귀환한다. 후금은 처음엔 조선인을 차별없이 대하였지만 누루하치에 대한 조선인들의 심한 반발로 홍타이지가 즉위할 때까지 강력한 차별정책을 이어나갔다. 이 일은 광해군이 서인들에 의해 실각되는 빌미의 하나가 되었다.

인조가 즉위하면서 후금을 적대시하던 서인정권은 그들과 더욱 심한 갈등을 빚게 된다. 이는 결국 정묘, 병자호란의 계기가 되어 누루하치의 아들 홍타이지에게 남한산성 함락과 삼전도에서의 뼈 아픈 수모를 당하게 된다.

Ⅱ. 주생전

1. 한문 원본에 대하여

〈주생전〉은 1593년 권필이 쓴 한문소설이다. 17세기 말에서 18세기 초에 편찬된 작자미상의 《화몽집花夢集》에 실려 있는데, 필사본 1권 1책으로 구성되어 있다.

작품 끝에 계사년(선조 26)이라고 표시하여 임진왜란이 일어난 다음해, 곧 권필의 나이 25세에 쓰여진 것으로 추정할 수 있고, 또 그의 호를 나란히 기재하여서 지은이를 확정할 수 있다.

〈주생전〉의 이본으로는 김구경 소장본, 김일성대학 소장 《화몽집》 소재본, 신독재 수택본 《전기집》 소재본, 이헌홍·정경주 소장본, 《묵재일기》 소재본 등이 알려져 있다.

2. 저자 — 권필權韠(1569 선조 2~1612 광해군 4)

　본관은 안동, 자는 여장汝章, 호는 석주石洲 또는 무언자無言子이다. 승지 권기權蘷의 손자이며 권벽權擘의 다섯째 아들로 태어났다. 정철의 문인으로 19세에 초시와 복시에 거듭 장원하였으나 글자 한 자를 잘못 써 벼슬길에서 멀어지게 되었다. 후에 동료 문인들의 추천으로 제술관이 되었고 동몽교관에 임명되었으나 나아가지 않았다.

　임진왜란 때에는 주전론을 주장하였고 이이첨이 교분을 청했으나 거절하였다. 임숙영任叔英이 1611년 별시문과의 〈대책對策〉에 유희분의 방종을 공격하여 합격이 취소된 것을 듣고 〈궁류시宮柳詩〉를 지어 비방, 풍자하였다.

　1612년 김직재金直哉의 무옥사건(대북파와 소북파의 싸움)과는 무관했으나, 김직재와 연루된 조수륜趙守倫의 문서상자에서 옮겨 쓴 그의 〈궁류시〉가 발견되었다. 이 시의 작가라는 이유로 고문 끝에 경원으로 유배 가다가, 숭인문 밖에서 벗들과 이별하며 폭음하고 장독으로 이튿날 44세로 숨졌다.

　권세가들의 허위의식과 소인배들의 권력추구를 미워하여 풍자적인 표현을 즐겨한 권필은 글을 좋아하여 당대의 여러 문인들과 두루 교류하였고, 특히나 이안눌, 허균과는 친분이 두터웠다.

그의 묘는 경기 고양에 있으며 인조반정 이후 사헌부지평(정5품)에 추증되었고 광주 운암사에 배향되었다. 저서로는 시문집인《석주집石洲集》과 한문소설 〈주생전〉이 있다.

3. 소설의 주제

이 소설의 주제는 누가 보아도 사랑이다.

주회라는 명석한 젊은 선비의 비극적 운명을 전기형식을 빌려서 우리가 고전소설에서 흔히 볼 수 있는 우연적, 비현실적 요소 없이 배경이나 사건의 전개, 또 등장인물들이 모두 현실감을 유지하고 있다.

주생과 배도, 선화라는 세 청춘들의 사랑에서 남성의 탐욕과 자기 본위의 이기적 사고, 여성들의 숨겨진 애욕과 질투를 고스란히 보여주고 있다. 또 인간의 피할 수 없는 운명과 삶의 비극을 그리면서 곳곳에 등장인물들의 마음을 담은 많은 시와 가사를 더하여 세 사람의 감정을 낱낱이 드러내는데, 주생이 태학관 출신이므로 시나 가사의 수준이 상당하다고 짐작할 수 있다.

배도는 뛰어난 미모와 재능을 가졌지만, 주생과 소꿉친구이니 나이가 비슷하다고 본다면 스물대여섯 된 뒤를 봐줄 사람 없는 나이든 기생이다. 그렇지만 주생과의 관계에서 꺼릴 것 없이 대등하고도 대범한 자세를 유지한다. 그러다가 배도는 주생과 관계가 맺어진 후에는 행실이나 말투에서 존대나 존경의 변화를 보인다. 나아가 '신의가 없는 사랑은 사랑이 아니다.'라며 애정을 요구하고 죽은 뒤까지 사랑이 이어지길 바란다.

한편 선화는 열다섯 살로 그들보다 열 살 정도 어리지만 그녀 역시 여러 모로 뛰어난 재능을 지녔고, 가문의 지체나 경제력에서 배도보다는 월등하다. 모자람 없이 자란 선화는 첫사랑의 불길 앞에서 거침없이 날아드는 불나방과 같다.

그럼 누구의 사랑이 진실할까? 결과적으로 서약서까지 받은 배도의 사랑도, 불나방처럼 뛰어든 선화의 사랑도 그녀들에겐 다 진실하다. 다만 주생의 사랑이 가장 의심스럽다. 배도를 배신하고 선화와 밀회를 즐겼고 또 배도를 죽음으로 몰아갔다. 제문祭文에서도 배도를 잃은 슬픔보다 사랑을 봄날 꿈처럼 자신의 신세한탄으로 일관하여 그녀의 죽음에 진지하지 못한 자세를 보여준다. 더구나 주생은 조선으로 파병된 일 년 남짓 동안 그녀들과의 사랑을 뭇사람에게 자랑하여, 십여 명의 글을 받아 책으로 엮어서, 끝내는 한낱 난봉꾼의 자랑꺼리로 삼고 있다.

또 전쟁이 개인의 사랑에 주는 비극이다.

전쟁이라는 국가적 상황이 개인적인 사랑과 부딪혔을 때, 개인의 사랑은 국가의 폭력에 파괴된다는 점이다. 어느 것이 우선시되고 폭력적인지 우리는 잘 알고 있다. 기별할 사이도 없이 약속된 결혼을 하지 못하고 갑자기 파병되는 아픔은 어느 누구도 생각지 못하였기에 더욱 심할 것이다. 이런 이별은 서로를 병들게 하고 죽음으로 몰아간다. 그리워하는 것은 당연하나 군대라는 울타리는 너무나 단단하기만 하다. 보이지 않는 미래를 꿈꿀 뿐, 뾰족한 방법이 없는데도 주생은 계속 아파하고 그리워하며 군인 본래의 임무에서 떨어져 있다. 이 문제 또한 세심한 주의와 생각을 필요로 한다.

4. 소설의 배경

〈주생전〉은 주생에게 들은 이야기에 작가의 상상력을 더한 액자형식으로 구성되어 있는 작품이다. 그 형식은 마지막 부분에 가서야 구분할 수 있게 배치해 놓았다. 이에 따라 배경은 중국 항주와 호주, 조선의 송도로 나누어진다.

이야기의 대부분은 주인공 주회의 고향인 전당 즉 항주에서 전개되지만, 조선에 임진왜란이 발발하여 조선원병으로 파병되어 송도에서 끝이 난다.

먼저 지리상으로 동정호에서 전당(항주)까지는 아무리 순풍이 밀어주어도 하룻밤에 도저히 닿을 수 없는 거리이다. 이 점은 작가의 상상 속에서 이루어진 소설의 시작에 불과할 뿐이다.

항주는 서호를 중심으로 옛부터 주로 호수의 동쪽에 도시가 형성되어 많은 유적과 유물들이 산재해 있다. 또 7세기 초 수 양제 때 건설된 경항대운하의 남단에 자리하여 역사의 중심지로 들어서게 되었다. 남쪽의 여유로운 문화를 일찍이 발전시켰던 항주와 소주는 조선의 지식인들이 수없이 많은 글에서 보고 들어 상상의 나래를 펴고 꿈속에서나마 여행하고 싶었던 곳이다.

이 작품에서도 그렇듯 용금문은 서호의 동쪽에 세워진 세 개의 문 중에서 가운데 문으로 수면에 가까이 면하고 있었다. 수홍교는 소주에 있으며 북송시대에 건설된 아주 유명한 다리로 500여 미터로 꽤나 길다. 그러나 주생이 배도의 뒤를 밟으며 가는 길에 용금문에서 왼쪽으로 돌아 수홍교에 이른다는 내용이 있어서 항주에 있는 다리로 착각할 수 있다. 지금처럼 사실 확인을 할 수 없는 시대였으니, 용금문 가까운 곳에 유명한 수홍교가 있다고 짐작하였을 것이다.

주생이 배도의 유언을 따라 길가에 묻어주었다는 대목에선 서호의 서령교西泠橋 입구에 자리한 남북조시대 남제의 기생 소소소蘇小小의 노란 봉분이 생각났다.

또 태호라는 이름처럼 큰 이 호수는 양자강 하류 강소성 남부에서 저장성에 이어지는 거대한 담수호로 남서쪽에는 호주가, 동쪽에는 소주가 있다. 중국 강남의 날씨가 대개 비슷하지만 여름에는 매우 덥고 겨울에는 무섭게 춥다. 큰 호수와 강들이 많아 안개와 구름이 심하고 겨울에는 기온이 낮지 않으나 새벽과 한낮의 온도가 거의 차이가 없으며 습도는 높고 햇볕이 잘 나지 않아 추위가 뼈를 파고드는 지역이다. 작품 속에서 선화가 호주는 외진 곳이라며 주생의 건강을 걱정하는 편지부분이 있어서 그곳의 자연환경을 추측해 볼 수 있다.

마지막 시의 끝 행에 나오는 오강은 《삼국지연의》, 우리의 〈적벽가〉 등 한, 중의 수많은 작품에 보인다. 우리에게 많이 알려진 춘추전국시대 오나라의 땅, 소주 화정현 부근을 흐르는 강이다. 오송강이라 불리기도 했으며 그 강을 가로지르는 다리가 수홍교이다. 주생은 선화 곁으로 가고 싶은 마음을 오강을 통하여 나타내고 있다.

뒤편에 등장하는 송도는 오늘날의 개성으로 고려의 도읍지였으며 개경, 황도, 송경이라고도 불렀다. 조선이 건국되고 한양으로

도읍지를 옮긴 후 개성이나 송도로 불리게 되었다. 조선으로 파병된 주생이 병으로 군영에 있지 못하고 송도의 역관에 떨어지게 되어 지은이를 만나 필담을 통하여 그의 이야기를 작품으로 남기게 되었다는 사연을 적고 있다.

일러두기

1. 저본은 박희병 교합본(2007)을 사용하였다. 단, 의미상 큰 차이가 없으면 〈최척전〉은 규장각본을, 〈주생전〉은 《화몽집花夢集》 소재본을 최대한 존중하여 반영하였다.

2. 오자, 탈자, 중복자는 교감하여 바로 잡았다.

    《 》: 서명을 표시한다.

    〈 〉: 서명 속의 소제목과 시와 가사의 제목을 표시한다.

    병렬된 두 단어 사이는 ' , '로 표시한다.

3. 소설의 문학성을 살리기 위하여 지나치게 자세하고 많은 주석은 피하였다.

제2부

최
척
전

혼약

최척崔陟은 자가 백승伯昇으로 전라도 남원 사람이다. 일찍 어머니를 여의고 홀로 아버지 최숙崔淑과 남원부 서문 밖 만복사萬福寺 동쪽에 살았다. 어려서부터 기개가 있고 뜻이 커서, 벗들과 어울려 놀기를 좋아하고 자기가 한 말을 소중히 여기며, 작은 것에 자질구레하게 구애되지 않았다.

한번은 아버지 숙이 아들 척에게 이렇게 타일렀다.

"네가 학문을 하지 않으면 무뢰한이 될 터인데, 앞으로 어떤 사람이 되려 하느냐? 더구나 지금 나라에서는 전쟁이 일어나[1] 주, 현마다 군사를 징집하는데, 너는 활쏘기와 사냥만 하며 늙은 애비를 걱정시키지 마

---

1 **전쟁이 일어나**: 1592년 임진왜란의 발발로 전국에서 군사를 징집하였다.

라. 머리 숙여 책을 받아 과거공부를 한다면 비록 급제하여 벼슬에 나아가지 못해도 군대에 끌려가진 않을 것이다. 성 남쪽에 정鄭 상사上舍(소과인 생원·진사 시험 합격자)라는 사람이 있는데 나의 어릴 적 친구다. 그 사람은 학문에 힘써 문장에 능통하여서 처음 배우는 사람을 열어주고 인도해 줄만하니, 네가 찾아가 그 사람을 스승으로 모시거라."

최척이 그날로 책을 끼고 정 상사의 대문에 이르러 배우기를 청하고서, 공부하기를 그치지 않았다. 몇 달을 공부하니 글 솜씨가 날로 발전하여 강과 호수가 터진 듯 더욱 진전되니 마을 사람들이 최척의 총명함과 민첩함에 감탄하였다.

그가 공부할 때마다 늘 머리 땋은 처녀가 있었는데, 나이가 열일고여덟로 보였다. 눈썹과 눈이 그린 것 같았으며 머리카락은 옻칠한 듯 검었는데 창과 벽 사이에 엎드려 숨어서 엿듣고 있었다.

하루는 정 상사가 식사를 하고 나오지 않아 척이 혼자서 글을 외고 앉아 있는데, 갑자기 작은 쪽지 하나가 창문 틈으로 쏙 들어왔다. 최척이 가져다 읽어보니 《시경詩經》〈소남召南 표유매摽有梅〉 마지막 장[2]이 쓰여 있었다. 최척은 가슴이 쿵쾅거려 가라앉힐 수가 없었다.

---

2 마지막 장: 〈표유매〉는 나이 들어가는 처녀가 다급하게 짝을 구하는 노래이다.

당돌하게 한밤중에 몰래 안아보려던 생각을 금방 후회하며 예전에 있었던 김태현金台鉉(1126~1330)의 일[3]로서 스스로를 경계하여 깊이 생각하면서도 마음속에서는 의리와 욕망이 서로 다투고 있었다.

잠시 후 정 상사가 나오기에 쪽지를 재빨리 소매 속에 감추고는 공부를 마치고 물러나왔다. 문밖에 서있던 푸른 옷을 입은 여종이 최척의 뒤를 따라와 말을 건넸다.

"드릴 말씀이 있습니다."

마지막 장은 다음과 같다.

매실이 다 떨어져 　　摽有梅

광주리에 주워 담네 　　頃筐墍之

나를 데려갈 선비님은 　　求我庶士

찾아와 말이라도 해주오 　　迨其謂之

3 **김태현의 일**: 김태현의 호는 쾌헌快軒이며 고려 말의 학자로《동국문감東國文鑑》의 편찬자이다. 야사에 전하길 굉장히 수려한 선비였던 김태현이 스승의 집에서 공부할 때 초년과부인 스승의 딸에게 사모의 시 쪽지를 받고 발길을 끊었다고 한다. 그 절구시는 다음과 같다.

말 탄 저 선비는 누구일까 　　馬上誰家白面生

석 달이나 그 이름 몰랐더니 　　邇來三月不知名

오늘에야 김태현인 걸 알고서 　　如今始識金台鉉

가는 눈 긴 눈썹에 알 수 없이 끌리네 　　細眼長眉暗入情

최척은 이미 시를 읽었기에 가슴이 마구 요동치고 있었으나, 푸른 옷을 입은 여종이 하는 말을 들어보니 매우 이상한 생각이 들었다. 머리를 끄덕여 불러서 그 아이를 데리고 자기 집에 도착해서야 비로소 자세한 이야기를 들을 수 있었다.

"저는 이李 낭자의 여종 춘생이라고 합니다. 낭자가 저에게 낭군님의 화답시를 받아오라 하십니다."

최척이 의아해하며 물었다.

"너는 정씨 집 아이가 아니었더냐? 이 낭자라니 누구를 말하느냐?"

"제 주인의 집은 본래 경성 숭례문 밖 청파리에 있었는데, 바깥주인이신 이경신李景新 어른께서 일찍 돌아가셔서 홀로된 심沈 씨가 딸과 단 둘이 살았습니다. 딸의 이름은 옥영玉英으로, 바로 시를 적은 쪽지를 던진 사람입니다. 지난해에 난을 피해 강화에서 배를 타고 와 나주羅州 회진會津에서 머물다가, 가을에 회진에서 여기로 옮겨 오게 되었습니다. 이 집 주인이 저의 안주인 마님과 친척이어서 잘 대해 주십니다. 또 낭자를 혼인시키려 하나 아직 마땅한 사윗감을 찾지 못하였습니다."

"그런데 너희 낭자는 과수의 딸인데 어찌 글을 아느냐? 날 때부터 하
늘이 그런 재주를 주었더냐?"

"낭자에게는 오라버니가 하나 있었습니다. 이름이 득영得英으로 문
장이 매우 깊었지만 열아홉 살에 혼인도 못하고 요절하였습니다. 낭
자는 일찍부터 오라버니가 글공부할 때 어깨너머로 배워 대충 이름
정도나 알뿐입니다."

이야기를 다 듣고 난 뒤 척이 술과 음식을 보내어 위로하면서, 얇
고 작은 쪽지에 쓴 편지도 곁들여 보냈다.

**아침에 옥음玉音(남의 편지나 말의 높임말)을 받아보니 정말 저의 마음
을 사로잡아 서왕모의 파랑새[4]를 만난 듯 기쁨을 이길 수 없었습니다.
늘 거울 속의 그림자처럼 어른거리다 사라져 그대의 참모습을 알기는**

---

4 서왕모의 파랑새: 서왕모는 곤륜산 요지瑤池에 사는 도교 최고의 여신으로 사
   랑의 편지를 전하는 파랑새가 있다고 한다.

어려웠습니다. 그리움을 거문고 소리[5]에 담아 보낼 줄도, 침향상자의 향[6]을 훔칠 줄도 모르는 바는 아니나, 봉래산이 몇 겹인지 신선 세계로 가는 약수弱水가 몇 리인지 측량할 수가 없었습니다. 어찌해야 할지 이리저리 재는 궁리로 얼굴은 누렇게 뜨고 목은 말라 홀쭉해졌습니다.

뜻밖에도 오늘은 양대陽臺에 내리는 비가 홀연히 꿈속으로 들어오고[7] 서왕모西王母의 서신을 받았습니다. 만약 그대와 저의 혼인[8]을 월하노인 月下老人[9]이 맺어준다면, 마침내 삼생의 소원을 거의 이룰 것이니 한 무덤에 묻히자는 맹세를 저버리지는 마십시오.

---

5 **거문고 소리**: 한漢나라 사마상여가 막 과부가 된 탁왕손卓王孫의 딸 문군文君을 거문고 연주로 유혹했다고 한다.(《한서漢書 사마상여전司馬相如傳》)

6 **침향상자의 향**: 진晉나라 여인 가오賈午가 한수韓壽와 정을 통한 뒤 아버지 가충賈充이 무제武帝에게 하사받은 진귀한 향을 훔쳐 한수에게 주었다는 고사가 있다.(《진서晉書 가충렬전賈充列傳 손밀孫謐》)

7 **양대에⋯⋯들어오고**: 초楚 회왕懷王이 고당高唐에서 낮잠을 자는 중에 꿈속에 무산巫山의 신녀神女와 동침하고 신녀가 떠나면서 "첩은 무산의 남쪽 고구산高丘山의 저祖에 있어 아침에는 행운行雲이 되고 저녁에는 행우行雨가 되어 매일 아침과 저녁에 양대陽臺 아래에 있습니다."라고 한 것에서 유래되었다.

8 **그대와⋯⋯혼인**: 진秦나라와 진晉나라가 대대로 혼인한 것을 이른다.

9 **월하노인**: 주머니 속의 붉은 실로 부부의 인연을 맺어준다는 전설 속의 노인이다.

편지로 말은 다할 수 없고, 말이 어찌 마음을 다 전하겠습니까?

척이 절하고 답합니다.

편지를 받은 옥영은 매우 기뻤다. 그리하여 다음날 또 춘생을 통해 답장을 보냈다.

저는 한양에서 나고 자란지라 바르고 참한 행실은 대강 알고 있지만, 불행히도 일찍 아버지를 여의고 난리를 만나 홀로 편모를 봉양하며 형제 없이 남녘땅을 떠돌다, 일가붙이에게 의지하여 일 년 가까이 더부살이를 하고 있습니다.

혼인할 나이가 되었지만 아직 지아비감을 찾지 못하였습니다. 그런데 하루아침에 전쟁이 일어나 도적들이 마음대로 돌아다니니 이 몸을 보존

하기 어려울까, 난폭한 자에게 더러운 짓을 당하지 않을까 늘 두려워하였습니다. 이 때문에 노모께서도 상심하시며 저를 염려하고 계십니다.

그러나 제가 오히려 근심하는 것은 덩굴은 언제나 교목에 의탁하듯 여자의 백년고락은 사실 다른 사람에게 달려있다는 것입니다. 진실로 교목 같은 사람이 아니라면 누구를 우러러보며 한 평생 살아가겠습니까?

제가 요즈음 그대를 가까이서 지켜보니, 말씨가 온화하고 조용하며 행동거지가 단아하고 성실한 기색이 얼굴 가득 넘치십니다. 만약 현명한 지아비를 구한다면 그대가 아니고 누구이겠습니까? 저는 용렬한 사람의 아내가 되기보단 차라리 그대의 첩이 되겠습니다. 제가 박명하고 기구하여 어울리는 사람이 못될까 두렵습니다.

어제 시를 던진 건 음란으로 유인하려는 뜻이 아니라 다만 그대가 좋아할지 싫어할지를 살펴보고자 함이었습니다. 제가 비록 용모는 부족하나 애초부터 시정잡배의 무리가 아닌데 어찌 담에 구멍을 내어 몰래 서로 사귀겠습니까?

반드시 부모님께 알려 마침내 정식으로 혼인하는 예를 이룬다면, 정절과 믿음을 스스로 지켜 지아비를 깍듯이 대하는 공경을 어찌 게을리

하겠습니까? 저는 시를 던져 먼저 더럽혔으니 스스로 중매하는 추행을 저질렀고, 사사로이 서신을 주고받았으니 조용하고 그윽한 여인으로서의 정조를 잃었습니다.

이제 간과 쓸개처럼 서로의 마음을 다 알았으니 다시 서찰을 보낼 필요도 없어졌습니다. 지금부터는 꼭 매파를 통해 연락하여 거듭 밤이슬을 밟지(예를 어기는 행동을 하지) 않도록 해주신다면 천만다행일 것입니다.

최척이 서찰을 받고 기뻐하면서 아버지에게 부탁하였다.

"경성에서 와 정 상사 집에 얹혀사는 과수에게 시집 안 간 딸 하나가 있는데, 나이와 용모가 저와 잘 어울립니다. 아버지께서 저를 위하여 정 상사에게 혼인을 부탁하시어 발 빠른 자가 먼저 차지하지 않도록 해주시기 바랍니다."

최척의 아버지가 어려울 듯이 말하였다.

"저들은 지체 높은 집안이다. 천리를 떠돌다 의탁하였으니 마음속으로 꼭 부자를 찾고자 할 것이다. 우리 집이 가진 것이 없어서 쉬이 받아들이지는 않을 것 같구나."

그러나 척이 거듭 부탁하며 졸랐다.

"그럼, 먼저 가서 말이라도 건네 보셔요. 성사여부는 하늘에 맡기기로 하고요."

어쩔 수 없이 이튿날 척의 아버지가 정 상사를 찾아가 혼사 이야기를 건넸다. 그러자 정 상사가 말하였다.

"나에겐 사촌누이가 되는데 서울에서 참혹한 난리를 피해 나를 찾아왔네. 그 딸은 행동거지가 맵시 있고 규방에서도 아주 뛰어나지. 내가 혼처를 찾아 그 딸을 가문을 빛낼 아이로 만들려고 하네. 사실 자네 아들은 재주가 뛰어나 사윗감에 대한 기대를 저버리지 않을 것을 알지만, 내가 걱정하는 것은 자네의 집안이 한미하고 살림이 넉넉하지 못하다는 것이야. 내가 누이와 상의하여 기별하겠네."

아버지 최숙이 돌아와 아들에게 이 말을 전하였다. 최척은 며칠을 괴로워하고 애태우며 소식을 기다렸다.

정 상사가 들어가 심씨에게 말하니, 심씨도 난색을 보이며 대답하였다.

"저는 온 집안이 다 흩어지고, 외롭고 위험한 가운데 의탁할 데 없이 단지 딸 하나뿐이니, 딸만은 부잣집에 시집보내고자 합니다. 없는 집 아들은 아무리 현철해도 원하지 않습니다."

이날 밤 옥영이 어머니를 붙잡고 무언가 말할듯하면서도 머뭇거리기만 하였다. 그러자 옥영이 어머니가 말하였다.

"너는 가슴에 품은 게 있는 것 같은데, 나에게까지 숨길 필요가 없잖아."

옥영이 얼굴을 붉히며 주저주저하다가 마음을 굳게 먹고서 말하였다.

"어머니께서 저를 위해 사윗감을 고르시는데 꼭 부자라야 된다고 하시니, 그 마음이 유감입니다. 집이 부유하면서 사윗감이 현명하다면야 얼마나 다행이겠어요! 그러나 혹 가세가 먹고 살기에는 넉넉하다 해도 사윗감이 참으로 어질지 못하다면 그 가업을 보전하기 어려울 것입니다. 착하지 않은 사람을 제가 남편으로 삼는다면 아무리 재물이 있다한들 의지하여 먹고 살 수 있겠어요?

날마다 우리 아저씨에게 글공부하러 오는 최생을 제가 몰래 엿보았더니, 마음이 후덕하고 성실한 게 결코 경박하거나 방탕한 사람이 아니었습니다. 이 사람을 배우자로 삼는다면 죽어도 한이 없겠습니다. 더구나 가난은 선비의 마땅한 본분이기도 하지요. 저는 의롭지 않으면서 부유함을 누리는 것은 결코 원하지 않습니다. 부탁드리는데 꼭 그 사람과 혼인시켜주셔요.

이것은 처녀가 스스로 할 말은 아닙니다만 혼인은 일생에서 매우 중요한 일입니다. 처녀가 부끄러운 줄도 모른다 할까 침묵하다가, 결국 형편없는 사람에게 시집가서 일생을 망쳐야 하겠습니까? 이미 깨진 시루는 다시 처음처럼 완전해지긴 어렵고, 이미 물든 실은 다시 처음처럼 희어질 수 없으니, 흐느껴 울어도 어찌 할 수 없으며 후회해도 되돌릴 수가 없습니다. 더구나 지금 저는 다른 사람들과 달리 집에는 아버지가 안 계시고 적들은 지척에 있으니, 정말로 진실하고 믿음직한 사람이 아니라면 어찌 우리 모녀의 몸을 의지할 수 있겠습니까? 차라리 안씨가 스스로 시집간 걸 따르고, 서씨 누이가 스스로 한 선택을 피하지 않을 것입니다. 깊은 골방에 숨어 오직 남들의 입만 바라보면서 어찌 서로를 잊어야만 하는 처지에 두시려 합니까?”

옥영이 어머니가 어쩔 수 없이 다음날 정 상사에게 자세한 이야기를 하였다.

“제가 지난밤에 곰곰이 생각해 보았습니다. 제가 최랑을 돌아보니, 비록 가난하나 참으로 훌륭한 선비더군요. 가난과 부는 하늘에 달려있어 사람의 노력으로 이루기는 어렵지요. 어떤지도 모르는 사람과 혼인하는 것보다는 차라리 그 사람을 사위로 삼는 게 좋겠습니다.”

정 상사가 기꺼이 대답하였다.

“우리 누이가 그 사람을 욕심내니 내 필히 성공하도록 힘쓰려네. 최생은 가난한 선비이나 그 사람됨이 옥과 같아서 경성에서 구하여도 이 같은 사람은 드물 것이네. 만약 그가 뜻을 이루면 끝내는 세상에 드러날 것이야.”

그날로 매파를 보내어 혼약하고 9월 보름날 초례를 행하기로 하였다. 최척은 아주 좋아하며 손꼽아 결혼할 날을 기다렸다.

서로를 알아주는 부부

그러나 얼마 지나지 않아 남원부의 사람으로 참봉을 지낸 변사정邊士貞[10]이 의병을 일으켜 영남으로 가는 길에 찾아와서, 최척이 활쏘기와 말타기에 뛰어나다며 기어이 데리고 가버렸다. 척은 의병 진중에 있으면서 근심과 염려로 병이 나더니 점점 심해졌다. 혼인날이 닥치자 사정을 이야기하고 휴가를 구하였다.

"지금이 어느 때인데 감히 혼인을 하려고 하느냐? 임금께서 피신하여(선조가 평양을 거쳐 의주로 피난 간 일) 멀리 풀숲에 계시는데, 신하된 자는 무기를 베고 자면서 적을 토벌해야 마땅하다. 더구나

---

10 **변사정**(1529~1596): 임진란 때 남원에서 2,000여 명의 의병을 모아 크게 활동한 의병대장이다.

너는 아직 혼인할 나이도 되지 않았으니, 적을 무찌르고 난 뒤에

혼인해도 늦지 않다.”

의병장이 화를 내면서 끝내 허락하지 않았다.

옥영도 최생이 종군하여 돌아오지 않아 허무하게 혼인날을 보
낸 뒤로 먹지도 못하고 자지도 못하면서 날마다 근심과 번뇌가 깊
어졌다.

이웃에 양씨 성을 가진 사람이 살았는데 집이 매우 넉넉한 부자
였다. 옥영의 현철함과 최생이 돌아오지 않았다는 말을 듣고는, 그
틈을 노려 구혼하면서 몰래 정 상사의 아내에게 뇌물을 먹이고 날
마다 주선해 주기를 재촉하자, 정 상사 아내가 심씨를 꼬득였다.

“최생은 가난하여 아침에 저녁거리를 걱정해야 하는 처지인지라,

하나 뿐인 아비도 봉양하기 어려워 늘 사람들에게 빌려 쓰고 있는

데, 어찌 집안 식구들을 부양하면서 걱정거리가 없다고 보장하겠

습니까? 더구나 종군하여 돌아오지 않으니 생사도 기약이 어렵습

니다. 양씨네는 아주 큰 부자여서 언제나 재물이 많다고 칭송되며

그 아들 또한 현명하기가 최생에 못지않습니다.”

정 상사 부부가 입을 모아 서로 양씨 아들을 추천하니 심씨의 마음이 조금씩 움직이기 시작하였다. 그리하여 10월 좋은 날을 택하여 혼인하기로 굳게 약속하였다.

어느 날 옥영이 밤중에 어머니에게 호소하였다.

"최생은 의병 진영에 딸려 있어서 행동 하나하나가 의병대장에게
　달려 있으니, 일부러 혼례의 약속을 저버린 게 아닙니다. 그 사람
　말도 들어보지 않고 경솔하게 약혼을 깬다면 얼마나 의롭지 못한
　일이 됩니까? 만약 제 뜻을 빼앗는다면 죽을지언정 다른 곳으로
　시집가지 않겠습니다. 어머니는 하늘이라 하는데 지금은 남처럼
　제 마음을 몰라주십니다."

"너는 어떻게 홀려서 이와 같이 고집불통이냐? 마땅히 가장의 처
　분을 따라야지. 네가 뭘 안다고 이러느냐?"

심씨는 옥영을 꾸짖고 잠자리에 들었다. 밤이 깊어 꿈속에서 갑자기 헉헉대는 가쁜 숨소리를 듣고 깨어난 심씨가 딸을 더듬어 보았으나 자리에 없었다. 깜짝 놀라 일어나 찾으니 옥영이 창 아래에서 수건으로 목을 매고 엎어져 있었다. 손발은 이미 차갑고 목구

멍에서 가쁜 숨소리가 점점 낮아지더니 끊어지고 말았다. 심씨가 놀라서 부르짖으며 목에 묶인 수건을 풀고, 춘생을 불러 불을 붙여 오라하고 부둥켜안고서 통곡하며 옥영의 입에 물을 떠 넣자, 조금 후에 정신이 돌아왔다. 주인집에서도 깜짝 놀라 도우러 쫓아왔다. 옥영이 깨어난 이후로는 양씨네와의 일은 누구도 입에 올리지 않았다.

최숙이 아들에게 편지를 보내어 그 동안 일어난 일들을 모두 전하였다. 최척은 병이 깊어진데다 옥영의 이 놀라운 소식을 듣고서 병이 더욱 심해졌다. 의병장이 이러한 사정을 듣고서 위독해진 척을 즉시 고향으로 돌려보냈다.

집에 돌아온 최척은 수일이 지나자 그렇게 심했던 병이 뜻하지 않게 쉬이 나아서 마침내 동짓달 초하루에 정 상사의 집에서 혼례를 치루었다. 아름다운 두 사람이 서로 합하니 그 기쁨도 더해졌다. 최척이 처와 심씨를 데리고 자기 집에 돌아와 대문에 들어서니 하인들이 환영하며 즐거워하였고, 마루에 오르니 일가친척들이 축하해 주었다. 경사가 온 집안에 넘치고 이웃들도 흡족해 하였다.

이후로 옥영이 옷섶을 묶어 매고 베를 짜고 몸소 물을 길어 절구질하여, 시아버지를 봉양하고 남편을 섬김에 정성과 효성이 지극하고, 윗사람을 받들고 아랫사람을 거느림이 사정事情과 예禮

에 다 잘 맞아서, 멀거나 가까운 곳에서 이 말을 들은 사람들은 모두 양홍梁鴻의 처[11]나 포선鮑宣의 부인[12]이 한 일도 이보다 더 낫다 할 수 없다고 하였다.

최척이 아내를 얻은 뒤, 원하는 일이 뜻대로 잘 이루어져 살림은 점점 나아졌다. 그러나 대를 이을 후사가 늦어질까 항상 걱정하여 매월 초하루에 부부는 만복사萬福寺(고려 때 남원에서 가장 컸던 절)에 가서 기도하였다.

이듬해 갑오년(1594) 정월 초하루에도 만복사에 가서 대를 이을 아들을 점지해 달라고 기도를 드렸다. 그날 밤 장육금丈六金(옻칠한 위에 금을 입힌 한 장 육 척 크기의 불상)의 몸이 옥영의 꿈에 나타나 말하였다.

"나는 만복사 부처다. 내 너희의 정성을 가상히 여겨 특별한 사내 아이를 줄 터인데 태어나면 반드시 남다를 것이다."

---

11 **양홍의 처**: 양홍은 후한 때 돼지치기로, 몸집이 크고 추녀이며 힘이 센 맹광과 결혼하였다. 맹광이 예로써 남편을 공경하고 신뢰를 쌓아 양처의 전형으로 알려졌다.

12 **포선의 부인**: 한나라 포선의 아내 환씨는 처가 재물을 거부하는 포선을 따라 검소한 태도로 시어머니를 모시며 부인의 도리를 다했다고 한다.

때가 되어 아이를 낳으니 과연 사내아이였고 등에는 붉은 점이 있었는데 꼭 어린아이 손바닥만 하였다. 그리하여 아이 이름을 '몽석夢釋'이라고 지었다.

최척은 평소에 퉁소 불기를 좋아하여, 달뜨는 저녁이나 꽃피는 아침이면 그것들을 마주하고 퉁소를 불곤 하였다. 어느 늦은 봄, 맑은 봄밤은 깊어져 미풍이 살짝 부니 하얀 달빛은 환하게 부서지고, 꽃잎은 날려 옷 위에 떨어지니 은은한 꽃내음이 코에 스미었다. 술단지를 열어 술잔 가득 술을 따라 마시고, 상에 기대어 연이어 세 곡을 연주하니 여운이 아주 길게 이어졌다. 옥영이 깊이 음미하며 한참을 가만히 있더니

"저는 평소 부인들이 시 읊는 걸 좋아하지 않지만 이런 정경에 이르니 시를 읊지 않을 수가 없습니다."

하고는 곧 시 한 수를 읊었다.

왕자[13]의 퉁소소리 따라 달도 기울어

바다처럼 푸른 하늘엔 이슬만 싸늘하구나

푸른 난새 타고 함께 떠날 수만 있다면

봉래섬[14] 안개 덮인 길도 헤매지 않으리

왕 자 취 소 월 욕 저
王子吹簫月欲低

벽 천 여 해 로 처 처
碧天如海露凄凄

회 수 공 어 청 란 거
會須共御靑鸞去

봉 도 연 하 로 불 미
蓬島煙霞路不迷

최척은 애초에 옥영의 시문 재주가 이 같을 줄 몰랐는데, 시를 듣고 크게 놀라 한 번 읊음에 세 번이나 감탄하더니 즉시 시 한 수로 화답하였다.

요대[15]는 아스라해져 새벽구름 붉어지고

난새처럼 우는 퉁소소리는 끝나지 않는구나

여운이 빈산을 맴도는데 달은 기울고

뜨락의 꽃 그림자 향기 묻은 바람에 흔들리누나

요 대 표 묘 효 운 홍
瑤臺縹緲曉雲紅

취 철 란 소 곡 미 종
吹徹鸞簫曲未終

여 향 만 공 산 월 락
餘響滿空山月落

일 정 화 영 동 향 풍
一庭花影動香風

시 읊기를 마쳤지만 옥영의 즐거운 마음은 오래가지 못하고, 흥

---

13 **왕자**: 주나라 영왕靈王의 태자 교喬로 생황을 잘 불고 〈봉황곡〉을 만들었다고 한다. 여기서는 최척을 이른다.

14 **봉래섬**: 삼신산의 하나로 동쪽바다에 있으며 신선이 살고 불로초와 불사약이 있다는 섬이다.

15 **요대**: 경궁요대瓊宮瑤臺의 줄임말로 달을 아름답게 이르는 말이다.

이 다하자 슬픔이 찾아들어 눈물을 흘리며 나직하게 말하였다.

"사람 사는 세상에는 사연도 많고 좋은 일에는 마가 끼는 법이니,
사는 동안 이별과 만남이 영원하지는 않겠지요. 이 때문에 실망하
여 마음을 바꿀 수도 없고요."

최척이 소매를 당겨 눈물을 닦아주고 위로하여 마음을 풀어주
며 달랬다.

"굽혔다 펴고 가득 찼다 텅 비는 것은 하늘의 일정한 이치이고, 길
하고 흉하며 후회하고 부끄러워하는 것은 사람의 당연한 일이오.
혹 불행하더라도 운수에 따라 순리에 맞게 바르게 살아야지 어찌
부질없이 슬퍼해야 하겠소? 근심이 없는데도 슬퍼하는 것을 옛사
람들도 경계하여, '길한 건 말하고 흉한 건 말하지 말라'는 속담도
있소. 그러니 걱정과 번뇌가 즐거운 마음을 막지 못하게 합시다"

이로부터 둘의 사랑의 감정은 더욱 두터워져서 부부는 서로가
서로를 알아주는 사람이라 하며 하루도 서로 떨어진 적이 없었다.

흩어지는 가족

정유년(1597) 8월에 왜적이 남원을 함락하자 모든 사람들이 도망가고 숨었다. 최척의 집안도 지리산 연곡으로 피난하게 되었다. 최척은 옥영에게 남자 옷을 입혀 많은 사람들 사이로 이리저리 섞이니, 보는 이들도 모두 옥영이 여자인 걸 알아채지 못하였다.

산에 들어간 지 며칠이 지나 식량이 떨어져 굶게 되자, 최척이 장정 서너 명과 산을 내려와 식량을 구하고 왜적의 동태를 살펴보기로 하였다. 일행이 구례에 당도하자마자 갑자기 적병을 만나게 되어 바위와 풀숲에 몸을 숨겨 겨우 적을 피하였다. 이날 왜적들은 연곡에 들어가 산과 계곡을 두루두루 훑어가며 노략질하여 남겨둔 게 없었다. 최척 일행은 길이 막혀 오도 가도 못하고 숨어 있었다.

사흘이 지나 왜적들이 물러간 뒤에야 비로소 연곡에 들어가 보니, 여기저기 시체가 쌓이고 피는 흘러 내를 이루고 있었다. 이때 우거진 숲속에서 가만가만 울부짖으며 흐느끼는 신음소리가 들려 최척이 찾아가보니, 온몸이 찔리고 베인 늙은이들이었다. 최척을 보자 소리 내어 울면서 하소연하였다.

> "적병들이 산에 들어와 사흘 동안이나 재물을 노략질하며 사람들을 베고, 아이들과 여자들을 모조리 끌고서 어제서야 섬강(섬진강) 둔치로 물러가 주둔하였소. 집안사람들을 찾고 싶으면 물가로 가서 물어보시오."

최척이 하늘에 울부짖으며 통곡하고 땅을 치며 피를 토하고는 즉시 섬강으로 달려갔다. 몇 리를 못 가 시신들이 어지럽게 흩어진 가운데서 신음소리 하나가 끊어졌다 이어졌다 하며 들리다 말다하였지만 얼굴이 피범벅이라 누가 누구인지 알 수도 없었다. 입은 옷을 살펴보니 춘생이 입었던 옷과 아주 흡사하였다. 척이 큰 소리로 불러보았다

> "너는 춘생이가 아니냐?"

춘생이 감겼던 눈을 애써 겨우 뜨고 최척을 보더니 기어들어가

는 목소리로 간신히 몇 마디 중얼거렸다.

"주인님! 주인님! 주인님 식구들은 적병들에게 모조리 끌려갔습니
다. 저는 우리 몽석이를 업어 빨리 걷질 못해 왜적이 죽이려고 칼
로 내리치고 갔습니다. 저는 땅에 쓰러져 죽었다가 반나절 만에
깨어나서, 등에 업혔던 아기가 살았는지 죽었는지 어디로 갔는지
어디에 있는지도 모릅니다."

말을 마치자마자 춘생은 기운이 다하여 그만 죽고 말았다. 최척
은 가슴을 치고 발을 구르며 애절해하다가 쓰러졌다. 얼마 후 다
시 깨어났지만 어떻게 해야 할 줄을 몰랐다. 겨우 일어나 섬강가
로 가보니 강가에는 찔리고 상처 입은 늙고 허약한 수십 명의 사
람들이 서로 모여 통곡하고 있었다. 최척이 가서 물어보니 노인들
이 대답하였다.

"우리는 산속에 숨어 있다가 왜적에게 끌려왔는데, 배에 이르자 장
정들만 뽑아 배에 싣고, 칼에 찔리거나 늙고 약한 자는 이처럼 버
려두었다오."

최척이 듣고서 너무나 애통하여 대성통곡하다가 혼자 살 의미

가 없어 스스로 죽으려고 하자 옆의 사람들이 구해내고 또 말려서 죽을 수도 없었다. 터벅터벅 강을 따라 올라갔지만 갈 곳이 없었다. 집으로 돌아가는 길을 찾아 사흘 밤낮이 걸려 겨우 집에 도착하니 담은 무너지고 기와는 깨진 채 불탄 연기가 식지도 않았고 길에는 시체가 언덕을 이루어 발 디딜 틈조차 없었다.

마침내 최척이 지쳐 금교 옆에서 쉬다가, 며칠을 먹지도 못하고 온힘을 다해 뛰어다녀서 정신이 혼미해지며 일어나질 못했다. 그때 당(명나라)장군이 십여 명의 기마병들을 이끌고 성에서 나와 금교 아래에서 말들을 씻기고 있었다.

최척이 전에 의병으로 있을 때, 중국 군사들과 오래도록 사귀며 말을 주고받아서 중국말을 제법 할 수 있었다. 최척은 온 식구들이 당한 재앙을 이야기하면서, 또 자신 한 몸도 의탁할 데가 없다고 호소하며 천자의 나라에 함께 들어가 오래 살 생각을 말하였다. 당장군이 최척의 말을 듣고 측은히 여기며 그 뜻을 가련하게 생각하여 척에게 청하였다.

"나는 오총병의 천총 여유문余有文이오. 집은 절강 요흥부姚興府에 있으며 비록 넉넉하지는 않지만 먹고 살기에는 족하다오. 사람이 살아가는 데는 마음을 알아주는 사람이 귀중하니, 마음 맞는 사람과 살면 되는 것이지 멀고 가까운 건 논할 필요가 없소. 그대는 이미 식구들에 대한 미련이 없다하면서, 왜 꼭 한 곳에 머물러 옹색하게 지내려고 하시오?"

그러더니 말 한 필을 내어 최척을 태워서 진지로 데리고 돌아갔다. 최척이 용모가 준수하고 생각이 깊고 원대하며 활과 말을 잘 다루었고 문자도 익힌 터라, 여유문이 그를 아껴 같은 상에서 밥을 먹고 같은 잠자리에서 잠을 잤다. 얼마 되지 않아 총병이 철수하여 명나라로 돌아가게 되자, 여유문은 최척을 전사자를 관리하는 부서에 예속시켜 국경관문을 통과하게 하고, 요흥부에 이르러 함께 살았다.

애초에 최척의 가족들은 포로가 되어 강까지 끌려갔다가, 왜적이 최척의 아버지와 장모가 늙고 병들었다고 감시를 소홀히 하였다. 두 사람은 적들이 방심하는 틈을 엿보아 몰래 갈대숲으로 숨어들었다. 왜적들이 물러가자 갈대숲에서 나와 이 마을 저 마을을 구걸하며 떠돌다 연곡사로 되돌아갔다. 때마침 승방에서 어린아이 울음소리가 들렸다. 심씨가 눈물을 흘리며 최숙에게 말하였다.

"이런 절간에서 어찌 아이 울음소리가 날까요? 그런데 울음소리가 우리 아이와 너무 흡사한데요."

최숙이 황급히 승방문을 열어보니 정말 몽석이었다. 우는 아이를 품에 안고 울음을 달래며 한참이 지난 뒤에야 혜정慧正이라는 스님에게 물었다.

"이 아이는 어디에서 왔습니까?"

"제가 길가 시체들 속에서 우는 소리를 듣고 하도 불쌍하여 데리고 와서 이 아이의 부모를 기다리고 있었습니다. 지금 이렇게 다시 만나게 된 것은 하늘이 한 일이 아니겠습니까!"

최숙은 찾은 손자를 심씨와 번갈아 업고서 집으로 돌아와 흩어진 노복들을 모아 다시 집안을 꾸려나갔다.

이때 옥영은 왜군 돈우頓于에게 사로잡혔다. 돈우는 나이든 왜군인데 살생을 금하고 자비심으로 염불에만 전념하는 자였다. 장사를 생업으로 삼았으나, 배 조정이 능숙하여 왜군대장 소서행장小西行長(고니시 유키나가)이 선장으로 삼아 조선으로 데리고 왔다. 돈우는 옥영의 영특함을 아껴서 옥영이 도망칠까 걱정하며 좋은 옷과 좋은 음식으로 옥영의 마음을 위로하고 안심시켰다. 옥영이 물에 몸을 던지려고 두 번 세 번 배에서 나왔지만 매번 발각되어 저지되었다. 어느 날 저녁 장육금불丈六金佛이 옥영의 꿈에 나타났다.

"나는 만복사 부처다. 아무쪼록 죽지 말아라, 나중에 반드시 기쁜 일이 있을 것이다."

옥영이 잠에서 깨어 꿈을 곰곰이 생각해보니 만에 하나 희망이 없는 것은 아니라는 생각이 들어서 마침내 억지로라도 먹고 끝끝내 죽지 않겠다고 결심하였다. 돈우의 집은 낭고사狼姑射(나고야)에 있었고, 아내는 늙고 딸은 어린데 다른 아들과 남자는 없어서, 옥영을 집에 머물게는 하였지만 안채로의 출입은 못하게 하였다. 옥영이 거짓으로 말하였다.

"저는 본래 왜소한 남자로 약골에다 병이 많습니다. 본국 조선에서도 장정의 일을 할 수 없어서 오직 재봉과 부엌일만 하여 정말로 다른 일은 하지 못합니다."

돈우는 더욱 가련하게 여겨 이름을 '사우沙于'라 지어주고, 배를 타고 장사를 나갈 때마다 배의 주방을 맡겨 데리고 다니며 민땅(복건성)과 절강 사이를 같이 오가곤 하였다.

이때 최척은 요흥에 살면서 여유문 공과 의형제를 맺었다. 여공이 여동생을 최척에게 시집보내려 하자 척이 한사코 사양하였다.

> "저는 온 집안이 적에게 결딴나 늙은 아버지와 허약한 아내가 지금까지도 죽었는지 살았는지 몰라 끝내 상복을 입지도 못하고 있습니다. 그런데 어찌 편안하게 혼인하여 저만의 안일한 생활을 생각하겠습니까?"

여공이 최척의 뜻을 의롭게 여기고 더 이상 권하지 않았다. 그해 겨울 여공이 병으로 죽었다. 최척은 의탁할 곳이 없어지자 대범하게도 장강長江과 회수淮水를 떠돌며 명승지를 두루 유람하였다. 용문龍門(장강과 지류인 대령하가 만나 만드는 소삼협의 한 협곡)을 돌아보고 우혈禹穴(우임금의 서고이며 무덤)을 찾아보기도 하고, 원수沅水와 상수湘水(춘추전국시대 초의 굴원이 유배되었던 지역)의 끝까지 가기도 하고 동정호에서 배를 타고 악양루에 올라도 보고, 고소대姑蘇臺(오왕 부차가 고소산에 쌓은 대)에도 올랐다. 호수와 산을 찾아 휘파람 불고 시를 읊으며 구름과 물 사이를 마음대로 다니다가, 세상의 뜻을 버리고 바람처럼 떠돌리라 마음먹었다. 이때 해섬도사海蟾道士 왕용王用이 청성산靑城山(사천성에 있는 도교의 성지)에 은거하며 금련단金煉丹(먹으면 죽지 않는다는 약)을 구워 먹고, 대낮에 하늘을 날아다니는 기술을 가졌다는 소문을 듣고 촉蜀땅으로 들어가 배우려고 하였다.

이때 송우宋佑라는 사람이 있었는데, 호는 학천鶴川으로 집은 항주 용금문湧金門(서호 동쪽에 자리한 세 개의 문 중 가운데 문) 안에 있었다. 경전과 역사에 널리 통했지만, 명성을 달갑게 여기지 않고 책 저술을 업으로 삼으며, 베풀기를 좋아하고 의기가 있어 최척과는 친한 친구로 지내는 사이였다. 최척이 촉땅으로 들어간다는 말을 듣고는 술을 가지고 와 마시다 어지간히 취하자 송우가 최척의 자를 부르며 부드럽게 타일렀다.

"백승아! 사람이 이 세상을 살면서 누구나 오래 살고 싶고, 오래 보고 싶지 않겠는가? 고금천하에 정녕 이런 이치가 어디 있는가? 남은 생이 얼마나 된다고 어찌 굶주림을 참으며 스스로를 괴롭히다가 산귀신과 이웃이 되려고 하는가? 자네도 차라리 나를 따라 돌아가 일엽편주에 몸을 싣고 오吳, 월越땅으로 오가며 비단이나 차를 팔면서 남은 인생을 즐긴다면 이 역시 달인의 경지가 아니겠는가?"

최척은 문득 깨달은 바가 있어 마침내 그와 함께 하기로 하였다.

재회

경자년(1600) 봄, 최척이 송우를 따라 함께 상선을 타고 안남(베트남)으로 장사하러 갔다. 이때 일본 배 십여 척도 역시 같은 포구에 정박하고 있었다.

십여 일 머무른 4월 초이튿날 밤, 하늘엔 구름 한 점 없어 물빛은 비단 같았고 바람도 불지 않아 물결마저 잔잔하여 아무 소리도 들리지 않았으며 그림자 하나 어리지 않았다. 뱃사람들은 잠이 들고 모래톱에서 물새 우는 소리만 이따금 들려오고, 오직 일본 배에서 염불소리만 들리는데 그 소리가 매우 쓸쓸하고 슬펐다.

최척이 외로운 자신의 신세가 처량하게 느껴져서, 짐꾸러미에서 통소를 꺼내 봉창에 기대어 계면조[16] 한 곡을 불어 가슴속의 슬픔과 원한의 기운을 풀어내었다. 이 소리에 바다와 하늘이 처연한

빛을 띠고 구름과 안개가 변화를 부리듯 뱃사람들이 놀라 일어나 애달파하지 않는 사람이 없었다. 일본 배의 염불소리가 조용히 잦아들더니 갑자기 조선말로 칠언절구 읊는 소리가 들려왔다.

왕자의 퉁소소리 따라 달도 기울어
왕 자 취 소 월 욕 저
王子吹簫月欲低

바다처럼 푸른 하늘엔 이슬만 싸늘하구나
벽 천 여 해 로 처 처
碧天如海露凄凄

푸른 난새 타고 함께 떠날 수만 있다면
회 수 공 어 청 란 거
會須共御靑鸞去

봉래섬 안개 덮힌 길도 헤매지 않으리
봉 도 연 하 로 불 미
蓬島煙霞路不迷

읊기가 끝나자 우는 듯 흐느끼는 소리가 들렸다. 최척은 이 시를 듣고 까무러치게 놀라 얼이 빠진 듯 퉁소를 떨어뜨린 줄도 모르고 멍해져서 꼭 죽은 사람 같았다. 학천이 깜짝 놀라서 물었다.

"뭐 때문에 그러는가?"

두 번을 물어도 두 번 다 대답이 없었다. 세 번을 물으니, 최척이 말을 하고 싶어도 목이 메여 눈물만 주루룩 흘렸다. 시간이 흘러 마음이 안정된 후에야 이야기를 시작하였다.

---

16 계면조: 우리 국악의 고유음계로 어둡고 쓸쓸하며 무거운 느낌을 준다.

"이 시는 내 아내가 직접 지은 것이라네. 평상시 다른 사람은 들어도
절대로 알 수가 없네. 또 그 목소리가 나의 처와 흡사한데 어찌하
여 저 배에 타고 있을까? 이것은 절대로 있을 수 없는 일인데……."

이어서 최척이 왜적에게 풍비박산된 집안일을 남김없이 이야기
하니 한 배에 탔던 사람들이 모두 놀라며 이상하게 생각하였다.
같이 앉아 있던 두홍杜洪이라는 사람은 나이는 어리나 매우 용감
한 사내였다. 척의 이야기를 듣고는 의로운 기색을 띄더니 손으로
노를 내리치며 분연히 일어나서 외쳤다.

"내가 당장 가서 알아보겠소."

학천이 말렸다.

"깊은 밤에 난리를 피우면 무슨 일이 생길까 두렵네. 내일 아침에
조용히 알아보아도 늦지 않을 걸세."

"그렇게 합시다."

좌우에서 모두들 그러는 게 좋다고 하였다. 최척은 그 자리에

그대로 앉아서 아침이 오기를 기다렸다. 동쪽이 밝아오자 즉시 물가로 내려가 일본 배에 이르렀다. 척이 조선말로 일본 배에 대고 물었다.

"어젯밤에 들어본즉 시를 읊은 사람은 필시 조선 사람이겠지요. 나도 조선 사람이오. 한번 만나 본다면 먼 길 떠도는 나그네끼리 같은 처지에 있는 사람을 만나는 기쁨뿐이겠습니까?"

옥영도 지난밤 배에서 퉁소소리를 듣고, 이내 조선의 곡조인데다 평소에 익히 듣던 곡조와 흡사하여, 남편이 혹시 저 배에 탔나 속으로 의심하면서 그 시를 읊어 시험해 본 것이었다. 옥영이 이 말을 듣자마자 황망하여 어쩔 줄 몰라 하며 배에서 구르듯이 내렸다. 두 사람은 서로 보자마자 자지러질 듯이 놀라 소리치며 부둥켜안고 백사장을 데굴데굴 뒹굴며 기가 막혀 말도 못하고 눈물이 다 하니 피가 흘러 눈이 보이지 않을 지경이었다. 양국 뱃사람들이 담처럼 빙 둘러서서 보면서 처음에는 친척인가 친구인가 생각하였지 누군지는 몰랐다. 그러다 한참 후에야 둘이 부부라는 걸 알게 되었다. 사람마다 떠들면서 서로 돌아보며 이야기하였다.

"신기하고 신기하다! 이것은 하늘이 돕고 신이 도운 거지. 옛날에도 이런 일은 없었을 거야."

최척은 옥영에게 드디어 아버지와 장모의 소식을 듣게 되었다.

"산에서 강으로 적들이 끌고 갈 때까지 아버님과 저의 친정어머니
는 무탈하셨지만, 어둑어둑해져 배에 오르면서 이리저리 몰리는
중에 서로 헤어졌습니다."

둘이 마주 보고 통곡하니 듣는 이들도 코끝이 찡하지 않은 이
가 없었다. 학천이 돈우에게 백금 세 덩이에 부인을 사고 싶다고
청하니, 돈우가 화를 벌컥 내면서 언짢은 투로 말하였다.

"내가 이 사람을 만난 지 지금 4년이 되었는데, 이 사람의 단정하고
성실함을 아껴 같은 몸에서 난 혈육인 양 여겼고 잠자고 먹을 때
도 잠시도 떨어진 적이 없었소. 그러나 이 사람이 부인인 줄은 몰
랐소. 지금 이 일을 눈앞에서 당하고 보니 하늘이나 귀신도 또한
감동한 듯한데, 내가 아무리 완고하고 못났다 한들 목석이 아닌
데 어찌 차마 이 사람을 팔아 밥을 먹겠소?"

그러더니 곧 주머니에서 은 10냥을 꺼내어 전별금으로 옥영에게

쥐어주면서 축하해주었다.

"4년을 같이 살다 하루아침에 이별이라니 섭섭하고 가슴이 저리지만, 온갖 고생 끝에 다시 배우자를 만났으니 이것은 사람세상의 일이 아니오. 만약 내가 이를 막는다면 하늘이 나를 반드시 죽일 것이오. 잘 가거라, 사우야! 부디 몸조심 하여라!"

그러자, 옥영이 손을 들어 사례하였다.

"일찍이 주인어른의 보호 덕분에 죽지 않고 살아서 뜻밖에 남편을 만났으니 받은 은혜가 많기만 합니다. 게다가 이렇게 좋은 선물까지 베풀어주시니 어찌 보답해야 할런지요?"

최척도 두 번 세 번 감사를 드리고서 옥영의 손을 잡고 자기 배로 돌아왔다. 인근의 배에서 보러오는 사람들이 연일 끊이지 않았고, 어떤 이들은 금, 은, 비단을 축하금으로 주어서, 최척은 송별연을 열어 받은 물건들에 대한 사례를 하였다. 학천이 집에 돌아와 따로 방 한 칸을 청소하여 척 부부가 머물며 편히 살게 하였다.

최척은 아내를 다시 만나 마음은 많이 편해졌지만, 사방을 둘러

보아도 친척 하나 없는 먼 이국땅에서 친구에게 의탁하다 보니 늙은 아버지와 어린 아들 걱정에 밤낮으로 상심하여, 살아서 고향으로 돌아가길 묵묵히 기도할 뿐이었다.

일 년이 지나 또 아들 하나를 낳았는데 아이를 낳던 전날 밤에 장육불이 또 꿈에 나타났다.

"아이가 태어나면 등에 점이 있을 것이다."

부부는 혹시 몽석이가 다시 태어났나 싶어 이름을 '몽선夢仙'이라고 지었다. 몽선이 성장하자 부부는 어진 며느리를 구하고자 하였다. 이웃에 진陳씨 성을 가진 '홍도紅桃'라는 이름의 처녀가 있었는데, 태어나 돌도 되기 전에 그의 아버지 위경偉慶이 유총병을 따라 동쪽 조선으로 출정하였다. 다 자라기도 전에 어머니마저 죽어 홍도는 이모집에서 길러졌다. 홍도는 태어나 얼굴도 알지 못하는 아버지가 타국에서 죽은 걸 늘 애통해하였다. 아버지가 죽은 나라에 한번 찾아가서 큰소리로 마음껏 울어보고 돌아오고 싶었지만, 사무친 원한을 가슴에 새길 뿐 여자의 몸으로 그 방법을 찾아낼 수가 없었다. 마침 몽선이 아내를 구한다는 소문을 듣고 이모와 상의하였다.

"최가의 아내가 되어 동국東國에 한번 가보고 싶습니다."

홍도의 이모가 평소 그 뜻을 알고 있어서 즉시 최척에게 그런 연고를 말하니, 척과 옥영이 감탄하여 말하였다.

"여자인데도 이와 같다니 그 뜻이 가상하오."

드디어 척과 옥영은 홍도를 며느리로 삼았다.

다음 해 기미년(1619), 누루하치가 명나라 요양에 들어와 노략질하면서 연달아 여러 진을 점령하고 많은 장수와 군사들을 죽였다. 명나라 천자가 진노하여 천하의 병사를 움직여 누루하치를 토벌하라고 명하였다. 그때 소주 사람 오세영吳世英이 교유격의 천총이었다. 여유문을 통해 평소 최척이 재주가 있고 용맹한 사람이라는 걸 알아서, 서기로 삼아 그의 군영으로 데려가려 하였다. 척이 떠나려할 때 옥영이 그의 손을 잡고 눈물로 헤어지며 몸부림쳤다.

"저는 험악한 전쟁의 틈바구니에서 일찍이 재난을 당하여 천신만고를 겪으며 구사일생으로 살아났습니다. 신령한 하늘의 도움으로 당신과 해후하여 끊어진 거문고 줄을 다시 잇고 갈라진 거울을 다시 온전히 붙인 듯, 이미 끊어졌던 인연을 잇게 되었습니다. 다행히도 제사 맡길 아이를 얻고 서방님과 정을 나누며 함께 산 것이 이십여 년입니다. 지난 일을 돌이켜 생각해보니 지금 죽어도 괜찮습니다.

언제나 이 몸이 먼저 죽어서 당신의 은혜에 보답하려 하였는데, 뜻밖에도 기약 없는 이별을 늘그막에 또 해야 하다니요. 여기는 요양과 수만 리나 떨어져 있어 살아 돌아오는 건 쉬운 일이 아니니, 언제 다시 만날 기약을 하겠습니까? 은혜를 갚을 길 없는 이 몸은 이별하는 이 자리에서 자결하여 저에 대한 당신의 그리움을 한 번에 끊고, 밤낮없이 당신을 걱정하고 그리워할 저의 고통도 한 번에 벗어버리겠습니다. 가시오, 당신! 영원한 이별이오! 영원한 이별이오!"

말을 끝내자마자 옥영이 통곡하면서 갑자기 칼을 뽑아 자기 목을 찌르려 하였다. 척이 재빠르게 칼을 빼앗고 위로하며 달래었다.

"저 하찮은 오랑캐들이 감히 제 주제도 모르는 사마귀처럼 덤비느냐? 천자의 군대가 깨끗이 쓸어버리는 것은 태산으로 계란을 누르는 것과 같아서 종군하여 왕래하는 데에 며칠만 고생하면 될 것이니, 이런 쓸데없는 걱정은 하지 마시오. 내가 공을 세우고 돌아오기를 기다리시오. 그러면 술상을 차려 함께 축하할 수 있을 것이오. 더구나 몽선이 장성하여 건장하니 당신이 충분히 의탁할 수 있소. 식사나 잘 챙겨 드시고, 떠나는 길에 걱정이나 끼치지 말아주시오.”

이렇게 말하고는 최척은 서둘러 행장을 챙겨 떠났다.

요양에 이른 최척의 부대는 다시 오랑캐의 땅 수백 리를 지나, 조선에서 파병한 군대와 우모채(평안도 창성에서 노성으로 가는 길에 있는 험준한 우모령 너머의 마을)에 나란히 진영을 설치하였다. 총사령관이 적을 얕잡아보다가 군사들이 전멸하게 되었다. 누루하치는 명나라 군사를 남김없이 몰살시켰고, 조선 군사들은 달래고 협박하면서 셀 수 없이 죽이거나 다치게 하였다.

교유격이 남은 패잔병 십여 명을 이끌고 조선병영에 들어가 조선군복을 빌려 입었다. 원수 강홍립姜弘立이 여벌의 옷을 나눠주어서 적의 손에 죽는 것은 면하게 해주려 하였다. 그러나 종사관 이민환李民寏이 누루하치의 심기를 거스를까 두려워서 나눠준 군복을 도로 빼앗고 그들을 잡아서 적진으로 보냈다.

최척은 본래 조선 사람이라 매우 혼란한 틈에 명군편대에서 빠져나와 홀로 죽음을 면할 수 있었다. 강홍립의 부대들이 항복할

즈음, 최척도 조선병사들과 함께 오랑캐의 포로수용소에 사로잡혀 있었다.

이때에 몽석도 남원에서 병법을 익혔다 하여 명과 후금의 전쟁에 참여하여 강 원수의 진중에 있었다. 누루하치가 항복한 병사들을 분산 배치할 때 최척은 사실 몽석과 같은 곳에 갇히게 되었다. 부자는 서로를 마주 보면서도 누구인지 알지 못하였다.

몽석은 척의 말씨가 매우 어색한 것을 의심하여, '척이 명나라 군대의 조선어통역자인데 죽임을 당할까 두려워 거짓으로 조선인 행세를 한다.'고 생각하였다. 그래서 최척이 사는 곳을 따져 묻기도 하였다. 최척 또한 몽석을 염탐하려는 오랑캐의 끄나풀이라 의심하여, 임시방편으로 둘러대며 전라도라 하다가 충청도라 하기도 하였다. 몽석은 마음속으로 의심하면서도 따져 묻지는 않았다.

며칠이 지나자 정이 들어 부쩍 친해지고 동병상린으로 미워하거나 의심하는 마음이 조금씩 옅어졌다. 하루는 최척이 자신이 평생 겪어온 일들을 솔직하게 털어놓자, 몽석의 얼굴색이 달라지고 마음속으로는 놀랐지만, 믿음도 가고 의심스럽기도 하여 갑자기 죽은 아이의 나이가 어떻게 되는지, 몸에는 어떤 특징이 있는지 물었다.

"갑오년(1594) 10월에 나서 정유년(1597) 8월에 죽었네만, 등에는 꼭 어린아이 손바닥만 한 붉은 점이 있었다네."

최척의 이야기에 깜짝 놀란 몽석이 말도 제대로 못하고 헐레벌떡 웃옷을 훌떡 벗고 등을 보여주면서 말하였다.

"제가 실은 어르신께서 남기신 몸입니다."

최척은 그때서야 이 젊은이가 자신의 아들인 걸 알게 되었다. 서로 각기 부모님의 생사를 묻고는 부둥켜안고 눈물을 흘리며 며칠 동안 울음을 멈추지 않았다.

포로수용소의 책임자인 늙은 오랑캐 간수가 자주 와서 살피며 그들의 말을 알아들은 것처럼 두 부자를 불쌍하게 여기는 기색이 있었다. 어느 날 오랑캐 군사들이 모두 나가자 늙은 오랑캐 간수가 몰래 최척과 몽석이 있는 곳에 와서 같이 앉아 조선말로 물었다.

"너희들이 울면서 눈물 흘리는 게 처음 이곳에 왔을 때와 전혀 다른데, 무슨 특별한 일이 있느냐? 나에게 들려주게."

최척과 몽석은 무슨 변고가 생길까 겁이 나서 바른대로 말을 할 수가 없었다. 늙은 오랑캐 간수가 친절하게 이야기를 하였다.

"두려워말게! 나 역시 평안도 삭주의 병사였네. 삭주부 부사의 착취가 끝이 없고 그 고통을 이길 수 없어서, 가솔들을 이끌고 오랑캐 땅에 들어온 지 십 년이 되었네. 여기 사람들은 성품이 곧고 또 가혹한 정치가 없다네. 인생은 아침이슬 같은데 하필 못살게 구는 고향에 갇혀 살 필요가 있겠는가? 누루하치는 나에게 팔십 명의 정병을 거느리게 하여 조선인을 관리압송하고 포로들이 도망가는 걸 대비하게 하였네. 지금 자네들의 이야기를 들으니 참으로 기이한 일을 겪었는데, 내가 비록 누루하치에게 처벌을 받더라도 어찌 차마 보내주지 않을 수 있겠는가?"

다음날 늙은 오랑캐 간수가 마른 식량을 준비하여 주며 자신의 아들에게 샛길로 안내하도록 지시하였다.

그리하여 최척은 고향을 떠난 지 20년이 지난 후에야 살아서 아들과 만나 고국에 돌아왔다. 빨리 아버지를 뵙고 싶은 마음에 남쪽을 향해 이틀 길을 하루에 걸으며 발걸음을 재촉했다. 그러던 중 등에 종기가 났지만 치료할 경황도 없었다. 충청도 은진에 도착하자 최척의 증세가 갑자기 심해져 더 이상 길을 갈 수 없었다. 몽석이 급히 주막을 찾아 아버지를 눕혔으나, 최척은 헉헉거리며 죽어가고 있었다. 몽석이 걱정과 번민 속에서 분주하게 침과 약을 구하러 다녔지만 의원을 찾기 어려웠다.

마침 중국인 도망자가 있었는데, 호남에서 경상도로 가는 중에 아픈 최척을 보고 깜짝 놀라며

"대단히 위급합니다. 이대로 오늘을 넘기면 살아날 수가 없습니다."

하며 곧장 주머니에서 침을 뽑아 종기를 터뜨려 고름을 빼내니 그날로 좋아지기 시작하였다. 겨우 이틀이 지나자 증세가 많이 좋아져 지팡이를 짚고서 고향집으로 돌아왔다. 다시 만난 온 집안이 놀라 애통해 하였고, 죽은 사람을 만난 듯 최척과 그의 아버지가 서로 얼싸안고 울며 날을 보내니, 꼭 사실이 아닌 꿈만 같았다.

장모 심씨는 하나뿐인 딸을 잃은 후 상심하여 제정신이 아닌 채 오직 몽석만을 의지하여 살다가, 몽석마저 전쟁에 나가 죽었다 하여 자리보전하고 몇 달을 일어나지 못하였다. 몽석과 그 아버지가 나란히 온 걸 보고, 또 옥영이 살아있다는 말을 듣고는 미친 듯이 소리치며 굴러서 그것이 기쁨인지 슬픔인지 종잡을 수가 없었다.

몽석이 자기 아버지의 죽을 목숨을 살려준 중국 사람을 집까지 데리고 온 것은 크게 보답할 생각이 있어서였다. 이때서야 최척이 그 중국 사람과 이런저런 이야기를 나누게 되었다.

"그대는 천조사람인데 집은 어디이며 성과 이름은 어찌됩니까?"

"나의 성은 진이고 이름은 위경이오. 집은 항주 용금문 안에 있었소. 만력 25년(1597)에 유제독을 따라 종군하여 조선의 전라도 순천에 와 진을 쳤습니다. 하루는 적을 정탐하다가 사령관의 뜻을 어겼고, 군법대로 처벌 받을까 겁이 나 야반도주하여 이 땅에 그대로 머물게 되었습니다."

최척이 그 말을 듣고 크게 놀라며 물었다.

"그대의 집에는 부모와 아내, 아이들이 있겠지요?"

"집에는 아내 혼자 있고, 이곳으로 떠나올 때 딸 하나를 얻어서 겨우 몇 달이 되지 않았습니다."

"딸아이의 이름은 무엇입니까?"

"아이가 태어난 날, 마침 이웃에서 복숭아를 보내왔기에 홍도라 이름을 지었습니다."

최척이 갑자기 진위경의 손을 꽉 잡으며 말하였다.

"괴이하고 괴이하오! 내가 항주에 있을 때 그대의 집과 가까이 살
았소. 그대의 처는 신해년(1611) 9월에 병으로 죽었습니다. 홀로 된
홍도는 이모인 오봉림가에서 키워졌지요. 우리가 데려다 아들의
처로 삼았는데 생각지도 않게 오늘 여기서 그대를 만나게 되었습
니다."

진위경이 놀라 애통해하며 부르짖기만 하고 기쁜 기색이 없더니
한참 후에야 탄식하며 입을 열었다.

"아! 제가 대구의 박씨 집에 의탁하여 노파 하나를 만나 침술을 배
워 겨우 입에 풀칠을 하고 삽니다. 지금 그대의 말을 들으니 고향
에 있는 것 같아 저는 여기로 옮겨 와 살고 싶습니다."

몽석이 진위경의 말을 듣고 말하였다.

"공은 단지 저희 아버지를 살린 은혜뿐 아니라 저의 어머니와 동생
이 따님에게 의탁하고 있으니 이미 한 가족입니다. 어찌 어려운 일
이 있겠습니까?"

진위경을 즉시 최척의 이웃으로 옮겨와 살게 하였다. 몽석은 어머니가 생존해 계시다는 말을 듣고서부터 밤낮으로 속을 끓이며 명나라로 들어가 어머니를 모실 생각을 하였지만, 스스로 할 수 있는 게 없어 오직 흐느껴 울뿐이었다.

이때에 옥영은 항주에서 관군이 전멸했다는 소식을 듣고 최척이 전쟁터에서 죽은 것이 틀림없다고 생각하였다. 옥영이 밤낮으로 우는 소리를 끊지 않더니 꼭 죽으리라 결심하고 물 한 모금도 입에 넣지 않았다. 그러던 어느 날 저녁 홀연히 장육불이 꿈에 나타났다. 장육불이 옥영의 정수리를 어루만지며 말하였다.

"아무쪼록 죽지 말아라. 나중에 반드시 기쁜 일이 있을 것이다."

옥영이 꿈에서 깨어 몽선에게 꿈 이야기를 하였다.

"내가 일본에 포로로 잡혀가서 물에 빠져 죽으려 했더니, 남원 만복사 장육금불이 내 꿈에 나타나 '아무쪼록 죽지 말아라. 나중에 반드시 기쁜 일이 있을 것이다.' 한지 4년 후에 너의 아버지를 안남 바다에서 만났다. 지금 내가 죽으려하니 또 꿈에 이와 같이 말씀하시는 걸 보면 네 아버진 어쩌면 죽음을 피했을 수도 있겠지? 네 아버지가 살아계신다면 나는 죽어도 살아있는 것과 같으니 무엇이 한스럽겠느냐?"

몽선이 울면서 어머니를 말렸다.

"요즘 들으니 누루하치가 천병(명나라 군사)은 남김없이 몰살시켰지만 조선 사람들은 모두 사면했다고 합니다. 아버진 본래 조선 사람이니 꼭 살아계실 것입니다. 금불이 꿈에 나타나셨는데 어찌 터무니없는 징조겠습니까? 어머니 잠시만이라도 죽는다는 생각하지 마시고 부디 아버지께서 돌아오시길 기다리셔야 합니다."

그러자 옥영이 갑자기 말을 바꾸었다.

"누루하치의 소굴은 조선 국경에서 가까워 겨우 네 닷새 길이다. 네 아버지가 비록 살아계신다 하여도 그 형편상 필시 조선으로 달아나셨을 것이다. 어찌 만 리나 되는 먼 길을 무릅쓰고 아내와 자식을 찾아 여기로 건너오시겠느냐? 내가 조선으로 가서 찾을 것이다. 만약 너의 아버지가 돌아가셨다면 창주 국경에 직접 가서 객사한 영혼이라도 불러 선영 곁에 안장하여, 사막 밖의 오랜 굶주림을 면하게 해드려야 나의 책임을 다 했다고 할 것이다.

더구나 월나라 새도 남쪽으로 난 가지에 집을 짓고, 호땅의 말은 북쪽에서 부는 바람에 몸을 의지한다는데, 내가 지금 죽을 날이 가까워지니 고향 그리워하는 마음을 더욱 견딜 수가 없구나. 홀시 아버지와 홀어머니, 어린 아이를 왜적이 쳐들어오던 날 모두 잃고, 그들이 살았는지 죽었는지조차 알지 못하지만, 요즘에 일본 상인에게 들으니 조선 포로들을 잇달아 송환한다고 하더라. 이 말이 믿을 만하다면 어찌 한 사람이라도 살아 돌아오지 않겠느냐? 네 아버지와 할아버지가 모두 이국땅에서 참혹하게 돌아가셨다면 선조의 묘소는 누가 다시 돌보겠느냐? 내외 친척들도 모두가 전란에 다 돌아가셨겠지? 만일 서로 만나게 된다면 이건 또 큰 다행이리라.

너는 배를 사고 곡식을 찧어라! 여기서 조선까지의 거리는 뱃길로 겨우 이삼천 리 길이다. 천지가 도와 편풍(편서풍)을 탄다면 열흘 안에 조선 해안에 도착할 수 있다. 내 계획은 이미 결정되었다.”

이 말을 듣고 몽선이 눈물을 흘리며 하소연하였다.

"어머니, 어찌하여 이런 말씀을 하십니까? 만일 조선 해안에 닿을
수만 있다면 어찌 아주 잘된 일이 아니겠습니까? 그러나 만경창파
를 작은 거룻배 하나로 항해할 수는 없습니다. 바람, 파도, 바다괴
물 등 바다의 재앙을 예측할 수도 없고, 해적이나 순라선이 곳곳
에서 우리를 가로 막을 것입니다. 우리 모자가 모두 물고기 뱃속에
장사지낼 신세가 될 텐데 돌아가신 아버님께 무슨 보탬이 되겠습
니까? 제가 비록 어리석지만 이런 큰일에 감히 핑계로 하는 말이
아닙니다."

홍도가 옆에 있다가 몽선에게 말대꾸를 하였다

"막지 마십시오. 어머님의 계획은 아주 면밀합니다. 밖의 근심들을
논할 여유가 없습니다. 비록 평평한 땅에 있다 하여도 재앙과 도적
에 대한 근심들을 어찌 다 피할 수 있겠습니까?"

옥영이 또 말하였다.

"뱃길은 험하고 어렵지만 나는 이미 많은 경험을 하였다. 옛날 일본
에 있을 때에는 배를 집 삼아 봄에는 복건성과 광동성으로 장사
다녔고 가을에는 유구(오키나와)에서 장사하였다. 거대한 파도가

솟구치며 몰려오는 급물살을 헤치고 별과 조수를 점치는 일을 두루 겪어 이미 습관이 되었다.

바람과 파도는 험하기도 하고 잔잔하기도 하겠지만 내가 다 감당할 것이고 배의 안전과 위험도 내가 다 제어할 것이다. 혹시 불행한 걱정이 생기더라도 어찌 벗어날 방법이 없겠느냐?"

옥영은 즉시 조선과 일본 두 나라의 옷을 만들고, 날마다 아들과 며느리에게 두 나라 말을 가르쳐 익히게 하였다. 그리고는 몽선이에게 훈계하였다.

"배의 운행은 돛과 노에 전적으로 달려있으니 돛은 반드시 단단하고 촘촘하게 만들어야 한다. 더욱이 지남철(나침반)이 없어서는 안 된다. 항해할 날을 잡을 테니 내 뜻에 어긋남이 없도록 준비하여라."

몽선이 아무 말도 하지 못하고 물러나와 홍도를 책망하였다.

"어머니는 만 번 죽을 고비를 당해도 한 번도 살기를 돌아보지 않을 각오로 위험을 무릅쓰고 강행하려 하십니다. 아버지는 이미 돌아가셨다고 쳐도 어머니를 어디에 모시려고 그리하오? 당신마저 찬성한다니 어찌 그리 생각이 깊지 않소?"

"어머님은 지극한 정성으로 이 큰 계획을 세우셨으니 말로는 따질 수가 없습니다. 지금 말릴 수 없는 일을 말리면 돌이키기 어려운 후회를 할까 염려되니, 순순히 따라가는 것보다 나은 것은 없을 듯합니다.

또 저의 속사정을 어찌 말하길 꺼리겠습니까? 태어난 지 겨우 몇 달 만에 아버지가 전몰하여 낯선 땅에서 백골로 굴러다니고 혼령마저 풀숲에 얽매여 있는데, 하늘에 얼굴을 들고 산다면 어찌 사람이라 하겠습니까?

요사이 길에서 듣자 하니 명의 패잔병들이 혹 도망하여 조선에 머무는 자가 상당히 많다고 합니다. 자식 된 마음에 요행을 바라지 않을 수 없습니다. 만약 당신 덕분으로 동쪽 땅에 가서 전사자들이 나뒹굴던 땅을 이리저리 찾아다니며 제 평생의 원통함을 조금이나마 풀어줄 수 있다면 아침에 갔다가 저녁에 죽어도 정말 달게 여기겠습니다."

홍도는 이 말을 하고는 오열하며 몇 줄기 눈물을 흘렸다.

몽선은 어머니와 처의 뜻을 흔들 수도 뺏을 수도 없다는 것을 알고, 행장을 단단히 꾸려 경신년(1620) 2월 초하루에 배를 출발시켰다.

옥영이 몽선에게 지시하였다.

"조선은 마땅히 북동쪽에 있으니 꼭 남서풍[17]을 기다려야 한다. 너
는 단단히 노를 잡고 앉아서 나의 지휘를 따라라."

마침내 깃대에 깃발을 달고 지남철을 앞머리에 설치하고 배를
점검하니, 갖추어지지 않은 게 하나도 없었다. 갑자기 복어떼가
튀어 오르며 노니 깃대의 깃발이 거듭 북동쪽을 가리켰다. 세 사
람이 힘을 모아 돛을 올리니 빠르게 팽팽해져 밤낮 구분없이 쏜
살처럼 물결을 뚫고 번개처럼 바다를 날아 잠깐사이에 등주登州
와 내주萊州를 지나고, 얼마 지나지 않아 이미 산동의 청주靑州
제군齊郡을 지나자 아득하던 돌섬들이 순식간에 눈앞에서 사라
졌다.
　하루는 명나라의 순시선을 만났다.

"어디 배며 어디로 가느냐?"

---

17 **북동쪽에……남서풍**: 원문에는 '동남쪽', '서북풍'으로 되어있으나 지리상 조선은
　항주의 북동쪽에 위치하고 있으니, 작가가 착각한 듯하다. 각각 '북동쪽', '남서
　풍'으로 바로 잡았다. 아래 '깃발이 북동쪽을 가리켰다'도 같다.

"항주 사람으로 산동에 차 팔러 갑니다."

옥영이 중국말로 대답하니 순시선이 그냥 지나갔다. 또 하루를 지나니 왜선이 다가오고 있었다. 옥영이 곧바로 일본 옷으로 갈아입고 기다렸다.

"어디에서 오는 배입니까?"

이번에는 옥영이 일본말로 대답하였다.

"물고기를 잡으러 바다에 나왔다가, 풍랑을 만나 배와 노를 모두 잃어 항주에서 배를 세내어 오는 길입니다."

"고생이 많습니다. 이 길로 가면 일본과 어긋나니 남쪽을 향해 가시오."

왜인이 방향을 가르쳐주고는 명의 순시선처럼 헤어져 떠나갔다. 이날 저녁 남풍이 아주 거세어져 파도가 하늘에 닿고 구름과 안개가 사방을 막아 지척을 분간할 수 없었고, 돛대는 부러지고 풍석(돛)은 찢어져 어디로 가는지 알 수조차 없었다. 몽선과 홍도는 심한 뱃멀미로 바닥에 엎드려 설설 기면서 너무나 무서워하였다. 옥영은 홀로 앉아 염불하며 하늘에 기도할 뿐이었다.

밤중이 되자 풍랑이 조금씩 가라앉으며 배가 작은 섬에 닿았다. 배가 파손되어 며칠을 머물러도 출발하지 못하였다.

어느 날 아득한 바다 가운데에서 배 한 척이 보이더니 점점 가까이 다가오기에 옥영이 몽선에게 배안의 장비와 물건들을 바위틈에 숨기라고 시켰다. 잠시 후 뱃사람들이 와글거리며 내리는데, 말과 옷이 모두 조선도 왜도 아니고 약간 중국 사람과 비슷하였으며 손에 든 무기는 없었고, 오로지 흰 막대기를 툭툭 치면서 물건을 수색하였다. 옥영이 중국말로 그들에게 사정을 말하였다.

"우리는 명나라 사람으로 물고기를 잡다가 여기까지 표류하여 겨우 배를 대었습니다. 본래부터 짐은 없었습니다."

옥영이 눈물을 흘리며 목숨만 살려달라고 애걸하니 죽이지는 않았다. 그러나 옥영이 타고 있던 배를 빼앗더니 그들의 배꼬리에 매달고 사라져 버렸다.

"이들은 필시 해적들이다. 내가 듣기로 해적들은 중국과 조선 사이

어디에서나 출몰하여 빼앗고 노략질하지만 사람 죽이는 걸 좋아하지 않는다고 했는데, 이 말이 맞구나. 내가 아들 말을 듣지 않고 억지로 길을 나섰더니 하늘이 도우지 않아 끝내 낭패를 당하는구나. 배와 노를 잃었으니 어찌해야 할꼬? 하늘에 닿은 저 바다를 훨훨 날아서 넘을 수도 없고 뗏목도 믿기가 어렵고 댓잎을 타고 건널 수도 없구나……. 사람은 누구나 한 번 죽을 뿐인데 나는 살만큼 살았다. 불쌍한 아이들아, 너희가 나 때문에 죽는구나."

옥영이 이렇게 말하며 아들과 며느리를 끌어안고 슬피 울부짖었다. 그 통곡소리가 바위에 메아리치고 그 원한이 높은 파도에 맺히니, 바다는 움츠려들고 산신령도 얼굴을 찡그리며 어쩔 줄 몰라 하였다. 옥영이 깎아지른 낭떠러지에 올라 몸을 던지려 하니 아들과 며느리가 함께 붙잡아서 죽지도 못하였다. 옥영이 몽선을 돌아보며 말하였다.

"너희가 나의 죽음을 말리지만 무엇을 기다리겠느냐? 자루에 남은 곡식으로는 겨우 사흘은 버티겠지만, 앉아서 식량이 끊어지기만 기다릴 뿐인데 어찌 살겠느냐?"

"식량이 다 떨어져서 죽어도 늦지 않습니다. 그 사이 만에 하나 살아 나갈 길이 생긴다면 후회해도 소용없을 것입니다."

몽선 내외는 옥영을 부축하여 낭떠러지에서 내려와 밤새 바위 틈에 웅크리고 있었다. 하늘이 밝아오자 옥영이 아들과 며느리에 게 이렇게 말하였다.

"내가 기운이 빠지고 정신이 지쳐서 비몽사몽하는 사이에 장육불 이 또 나타나 뭐라 뭐라 말씀을 하시니 참 이상도 하다."

그리고선 세 사람이 서로 마주보고 염불하며 기도하였다.

"세존이시여, 세존이시여! 저희를 생각하소서! 저희를 생각하소 서!"

이틀이 지나자 홀연히 아득한 바다 가운데에서 범선이 나타나 다가오는 게 보였다. 몽선이 놀라서 어머니에게 말하였다.

"이번 배는 이제까지 본 적이 없는 배인데 몹시 걱정됩니다."

옥영이 자세히 살펴보더니 기뻐하며 말하였다.

"우리는 살았다! 이번에는 조선 배다."

옥영은 이내 조선옷으로 갈아입고 몽선에게 절벽에 올라가 옷가지를 흔들게 하였다. 뱃사람들이 배를 멈추고 물었다.

"당신들은 무엇 하는 사람들인데 이 외딴 섬에 와 있는 게요?"

옥영이 조선말로 대답하였다.

"우리는 본래 경성의 사족이오. 나주로 내려가다가 졸지에 풍랑을
만나 배가 뒤집혀 사람들이 죽고, 오직 우리 세 사람만 돛에 매달
려 표류하다 돌고 돌아 여기에 이르러 겨우 목숨만 잇게 되었소."

뱃사람들이 옥영의 말을 듣고 불쌍하게 여겨 닻을 내려 이들을
태우고 가게 되었다.

"이 배는 통제사의 무역선이오. 관의 일정이 정해져 있어서 다른 길
로 돌아갈 수는 없소."

이렇게 말하면서 순천에 이르러 물가에 정박하고 내려주었다.

때는 경신년(1620) 4월이었다.

옥영이 아들과 며느리를 데리고 힘든 길을 끙끙거리며 대엿새나 걸어 이윽고 남원에 도착하였다. 옥영은 일가가 모두 왜적에게 몰살당했다고 생각하여 오로지 남편의 옛 집터만이라도 찾아보고 만복사나 둘러본 후에 떠나려고 하였다. 금교에 이르러 바라보니 성곽은 그대로고 마을도 옛 모습 그대로였다. 몽선을 돌아보고 한 곳을 가리키면서 눈물을 흘리며 말하였다.

"저기가 네 아버지의 옛집인데 지금은 누가 들어서 사는지 모르겠다. 우선 들어가서 하룻밤 재워 달라 청하고 다음 일을 생각하자."

세 사람이 그 집 대문에 당도하니 최척이 손님과 문밖 버드나무 아래에 앉아 이야기하고 있는 게 보였다. 옥영이 일행이 살금살금 가까이 가 자세히 살펴보니 바로 남편이었다. 옥영과 몽선이 동시에 대성통곡을 하자 최척이 비로소 아내와 아들을 알아보고 큰 소리로 외쳤다.

"몽석이 에미가 왔네! 귀신인가, 사람인가? 생시인가, 꿈인가?"

몽석이 안에서 이 소리를 듣고 버선발로 엎어지고 자빠지며 뛰쳐나와 모자가 서로 만나니 그 광경은 알만하였다.

몽석과 어머니 옥영이 서로 부축하여 방에 들어가니, 심씨는 심한 병환 중에도 딸이 돌아왔다는 소리에 깜짝 놀라 쓰러져 혈색이 없어졌다. 옥영이 심씨를 끌어안고 정성으로 구완하자 정신이 돌아와 한참 지난 후에야 편안해졌다.

최척이 진위경을 불러왔다.

"그대의 따님도 왔습니다."

최척은 홍도에게 그간의 일들을 자세히 이야기하게 하였다.

온 집안사람들이 제각각 아들과 딸을 끌어안고 여러 번 죽을 고비를 넘어 다시 만난 것에 놀라 소리치며 엉엉 울었다.

옛날부터 지금까지 하늘아래 어찌 이처럼 신기하고 기이한 일이 또 있겠는가! 사방으로 소문이 퍼져 구경꾼들이 담처럼 둘러싸고, 또 기이하게 여겼다. 옥영과 홍도가 겪은 처음부터 끝까지의 이야기를 듣고 모두들 무릎을 치고 감탄하며 서로 다투어서 이야기를 전하였다.

옥영이 척에게 조용히 말하였다.

"우리에게 오늘이 있게 된 것은 오로지 만복사 장육불의 음덕입니다. 지금 들으니 만복사는 물론이고 금불상도 모두 부서져 의지하여 기도할 곳이 없어졌다 하지만 신령은 하늘에 계시니, 마땅히 없어지지 않고 계실 것입니다. 우리들이 갚을 줄을 몰라서야 되겠습니까?"

이렇게 말하고는 곧 공물을 갖추어 황폐한 만복사에 가서 깨끗이 정리하고 정성껏 제사를 올렸다.

그 후로 최척과 옥영은 위로는 부모님을 봉양하고 아래로는 자식들을 기르며 남원부 서쪽 옛집에서 살았다.

아! 아버지와 어머니, 남편과 아내, 형과 아우, 시아버지와 친정어머니가 네 나라에 흩어져 이별하였다가 원망하고 그리워하길 30여 년, 적의 땅에서 살다 사지에서 빠져나와 끝끝내 만나기를 꾀하여 한 사람도 놓치지 않았으니, 이것이 어찌 사람의 힘으로 되겠는가? 하늘과 땅이 분명 지극한 정성에 감복하여 이런 기이한 일을 이루게 하였을 것이다. 평범한 부인의 정성을 하늘도 거스르지 못하였으니, 정성을 가릴 수 없음이 이와 같도다!

내가 남원의 주포周浦에 머물 때, 최척이 마침 나를 찾아와 그 일을 이처럼 이야기하며 그 전말을 기록하여 묻혀 없어지지 않도록 해달라고 청하였다. 거절하기 어려워 간략하게 대강을 간추려 썼다.

천계 원년 신유(1621) 윤2월 모일에 소옹이 쓰다

제3부

주생전

사랑에 빠지다

주생周生의 이름은 회繪, 자는 직경直卿이며 호는 매천梅川이다. 대대로 전당錢塘(중국 항주의 옛 이름)에 살다가 아버지가 촉주蜀州(중국 사천성 숭주)의 별가別駕(하급관리의 하나)가 되면서 촉蜀땅에 살게 되었다. 주생은 어린 시절 총명하고 민첩하여 시에 능하였고, 열여덟살에 태학생이 되어 동료들에게 부러움을 받았다. 주생 스스로도 자랑스럽다고 자부하였다. 태학에서 몇 년을 머물렀지만 계속하여 과거에 급제하지 못하자 한숨을 쉬며 탄식하였다.

"사람이 세상에 태어나 살아가는 것이 풀잎 위의 작은 티끌과 같을 뿐이다. 어찌 명예라는 굴레에 얽매여 속세에서 허우적거리며 나의 인생을 보내겠는가?"

마침내 주생은 과거 공부에 대한 뜻을 접어버렸다. 서랍상자를 엎어보니 돈 수백 전이 있어서 그 반으로는 배를 사 강과 호수 사이를 오가고, 나머지 반으로는 잡화를 사서 팔아 가끔씩 이익을 남겨 스스로 필요한 것을 해결하며, 아침에는 오吳땅으로 저녁에는 초楚땅으로 오로지 마음 가는대로 다녔다.

하루는 동정호洞庭湖의 악양성岳陽城[1] 밖에 배를 매어놓고, 성안으로 들어가 잘 알고 지내던 나생羅生을 찾아갔다. 나생 또한 뛰어난 선비였다. 주생을 만난 나생은 너무나 반가워하며 술을 사서 함께 즐기다 심하게 취한 줄도 몰랐다. 주생이 취하여 배에 돌아오니 이미 해가 저물었다.

잠시 후 달이 뜨자 주생은 배를 강물 가운데에 띄우고는 노에 기댄 채 곤하게 잠이 들었다. 배는 바람 따라 저절로 흘러흘러 쏜살같이 나아갔다. 잠에서 깨어보니 안개 덮인 절간에서 은은하게 종이 울리고 달은 서쪽으로 기울고 있었다. 다만 보이는 것이라곤 양쪽 강변의 푸르스름한 나무숲과 어슴푸레한 새벽빛뿐이었다. 때마침 숲 사이로 비단 은빛 등이 붉은 난간과 푸른 발 사이에서 은은하게 빛나고 있었다. 어디인지 물어보니 바로 전당이었다. 즉석에서 절구絶句 한 수를 읊었다.

---

1 **악양성**: 호북성 동정호가에 있다.

악양성 밖에서 목란 노에 기대었더니

깊은 밤 바람결에 취향²에 들었도다

몇 마리 두견 소리 봄날 새벽을 깨워

놀라 깨어보니 몸은 이미 전당에 있구나

악 양 성 외 의 난 장
岳陽城外倚蘭槳

반 야 풍 취 입 취 향
半夜風吹入醉鄉

두 우 수 성 춘 월 효
杜宇數聲春月曉

홀 경 신 이 재 전 당
忽驚身已在錢塘

아침이 되어 강가에 올라 고향마을의 옛 친구들을 찾아보았으나 이미 반쯤은 죽고 없었다. 주생은 시를 읊조리고 배회하면서 차마 떠나질 못하였다. 그곳에는 배도裹桃라는 기생이 있었는데 주생이 어릴 때 같이 놀던 소꿉친구였다. 전당에서 재색이 뛰어나 견줄 자가 없었기에 기생이지만 사람들이 배랑裹娘이라고 불렀다. 배도가 주생을 데리고 집으로 가 서로 마주보며 아주 즐겁게 시간을 보냈다. 그러다가 주생이 배도에게 시를 지어주었다.

먼 타향실이에 얼마나 옷자락 적셨던가

만 리 고향에 돌아오니 모든 게 변했구나

두추³의 높은 명성 옛날과 다름없고

작은 누각 진주발에 석양빛이 비껴드누나

천 애 방 초 기 점 의
天涯芳草幾沾衣

만 래 귀 래 사 사 비
萬里歸來事事非

의 구 두 추 성 가 재
依舊杜秋聲價在

소 루 주 박 권 사 휘
小樓珠箔捲斜暉

---

2 **취향**: 술에 취하여 즐거움을 느끼는 경지로 몽롱하게 잠든 것을 말한다.

3 **두추**:《자치통감》에는 두중양杜仲陽으로 표기된 당나라의 여류시인으로 후세에 두추랑杜秋娘으로 불렸다. 두추랑도 노래와 춤, 시와 문장에 뛰어난 기생이었다.

배도가 크게 놀라며 말하였다.

"그대의 재주가 이와 같은 걸 보니 오래 남에게 굽힐 사람이 아닌데,
　어찌 이처럼 정처없이 떠다니며 고생을 하시는가? 아내는 얻었는가?"

"아직이야."

주생의 대답에 배도가 웃으며 말하였다.

"그러면 그대는 배로 돌아가지 말고 꼭 내 집에 머무시게. 내 마땅히
　그대를 위해 좋은 배필을 구해주겠네."

배도의 마음이 주생에게 가 있었다. 주생도 배도의 곱고 농염한 자
태를 보고 깊이 마음을 빼앗겼지만, 슬쩍 웃으며 사양하듯 말하였다.

"감히 바라지는 못하지."

이런 저런 이야기로 둘이서 알콩달콩 지내던 중에 해가 졌다. 배도
가 어린 계집종에게 주생을 별실로 안내하도록 하였다. 주생이 별실
에 들어서서 벽에 걸린 절구 한 수를 보니 글의 뜻이 매우 참신하였

다. 계집종에게 누가 지었는지 물었더니 대답하였다.

"주인 낭자가 지었습니다."

비파로 상사곡일랑 타지 마셔요	비 파 막 주 상 사 곡 琵琶莫奏相思曲
곡이 절정에 이르면 꼭 죽을 것만 같아요	곡 도 고 시 경 단 혼 曲到高時更斷魂
주렴에 꽃그림자 가득한데 님은 없으니	화 영 만 렴 인 적 적 花影滿簾人寂寂
봄이 와도 문 걸고 몇 밤이나 홀로 보냈던가	춘 래 쇄 각 기 황 혼 春來鎖却幾黃昏

　주생이 이미 배도의 예쁜 모습을 좋아하고 있는데다, 또 배도의 시를 보니 정과 뜻이 아주 유혹적이어서 온 마음이 불같이 타올라 시에 차운하여 배도의 마음을 시험해보고 싶어졌다. 주생은 생각을 모으고 끙끙거리며 시를 지어보았지만 끝내 짓지 못하고 밤만 깊어졌다. 오직 보이는 것이라고는 마당 가득한 달빛과 무성한 꽃그림자 뿐이었다. 이리저리 배회하던 중에 갑자기 문 밖에서 사람의 말소리와 말 울음소리가 들리더니 한참 후에야 그쳤다. 주생은 의아하게 생각하였지만 그 이유는 알 수가 없었다.

　둘러보니 배도의 방이 그리 멀지는 않은데, 비단 창 안에 붉은 등불이 휘황하게 빛나고 있었다. 주생이 몰래 가서 가만히 엿보니 배도가 홀로 앉아 채운지(물감들인 종이)를 펼쳐놓고 '접련화蝶戀花(나비가 꽃을 그리워하다)'라는 가사를 짓고 있었다. 그러나 앞장만 채우고 뒷장은 이루지 못하고 있었다.

주생이 갑자기 창을 열며 끼어들었다.

"주인이 짓던 글을 이 나그네가 채워도 될까?"

배도가 성난 체하며 톡 쏘아 붙였다.

"불한당 같은 나그네가, 어찌 여기까지 오셨나?"

주생이 그 말을 받아서

"나그네는 본래 불한당이 아닌데 주인이 나그네를 불한당으로 만들 뿐이네."

하니, 배도가 웃으며 주생이 가사를 완성하게 자리를 내주었다.

깊은 별당에 춘정이 어지러우니　　　소 원 심 심 춘 사 료
　　　　　　　　　　　　　　　　小院深深春思鬧

달은 꽃가지에 걸리고 오리향로에 실향기 오르네　월 재 화 지　보 압 향 연 뇨
　　　　　　　　　　　　　　　　月在花枝, 寶鴨香烟嫋

창 안의 고운 여인 나이 들까 시름하여　창 리 옥 인 수 욕 로
　　　　　　　　　　　　　　　　窓裏玉人愁欲老

꿈 깨어 하염없이 꽃 속을 헤매노라　요 요 단 몽 미 화 초
　　　　　　　　　　　　　　　　搖搖斷夢迷花草

봉래 열두 섬에 잘못 들어　오 입 봉 래 십 이 도
　　　　　　　　　　　　　　　　誤入蓬萊十二島

방초 찾아 나선 이가 번천⁴인 줄 누가 알랴　수 식 번 천　각 득 심 방 초
　　　　　　　　　　　　　　　　誰識樊川, 却得尋芳草

잠깨어 지저귀는 새소리 들리나　수 기 홀 문 지 상 조
　　　　　　　　　　　　　　　　睡起忽聞枝上鳥

푸른 발에 그림자 없고 붉은 난간에 새벽이 오누나　록 렴 무 영 주 란 효
　　　　　　　　　　　　　　　　綠簾無影朱欄曉

주생이 가사 짓기를 끝내자, 배도가 일어나 약옥선藥玉船⁵에 서하주瑞霞酒를 따라 주생에게 권하였다. 주생은 술에 마음이 있지 않았기에 사양하고 마시지 않았다. 배도가 주생의 마음을 알아차리고 슬픈 음성으로 말하였다.

"우리 선조들은 이곳에서 대대로 이름난 집안이었어. 할아버지께서 천주(중국 복건성 동남부에 위치한 도시) 시박사市舶司(해상무역담당 관아)를 맡으셨는데 죄를 지어 파면 당하고 보통사람이 되었어. 이로부

---

4 **번천**: 두목杜牧(803~853)의 호이다. 자는 목지牧之이다. 당나라 말기 시인으로 《번천문집樊川文集》을 남겼다.

5 **약옥선**: 돌가루를 빚어 잿물에 발라 구워 광택이 나는 약옥으로 만든 술잔이다.

터 자손들은 빈곤해져 재기할 수가 없었지. 나는 일찍 부모를 잃고 남의 손에 키워져 지금에 이르게 되었어. 비록 정조를 지켜 스스로 몸가짐을 깨끗이 하려 하지만, 이름이 기생명부에 올라 부득이하게 사람들과 어울려 남의 잔치자리에서 즐거움을 줘야 했어. 혼자 있을 때에는 언제나 꽃을 보고 눈물을 흘리지 않은 적이 없었고, 달을 보고 마음을 달래지 않은 적이 없었어. 지금 그대를 보니 풍채가 빼어나고 재주와 식견이 아주 뛰어나네. 내 비록 보잘 것 없는 몸이지만 잠자리를 한 번 같이 한다면 오래도록 낭군으로 받들어 모실께. 부디 그대가 훗날 입신양명하여 일찌감치 요직에 올라 기생명부에서 나를 빼주어 선조들의 이름을 더럽히지 않게 해준다면, 나의 소원은 끝이 나는 거야. 그런 다음에는 나를 버리고 죽을 때까지 만나주지 않아도 그저 그 은혜에 감사할 뿐이지 어찌 감히 원망을 하겠어?"

배도는 말을 마치고 빗물 같이 눈물을 쏟았다. 주생이 그 말에 크게 감동하여 배도의 허리를 끌어안고 소매를 당겨 눈물을 닦아주며

"이 일은 남자만 할 수 있는 일이지. 네가 말하지 않더라도 내 어찌 인정이 없겠느냐?"

하니, 배도가 눈물을 거두고 얼굴색을 바꾸며

"《시경》에서도 말하지 않았습니까? '여자는 변하지 않는데 남자는 이랬다저랬다' 한다고. 그대는 이익과 곽소옥[6]의 일을 아시지요? 그대가 나를 멀리 하거나 버리지 않겠다면 맹세의 말을 해주셔요."

하고서는 고운 흰 비단 한 자락을 주생에게 건네주니, 주생이 그자리에서 일필휘지로 쓱쓱 써내려갔다.

청산은 늙지 않고	청 산 불 로 青山不老
녹수는 끝없이 흐르는데	록 수 장 존 綠水長存
그대 나를 믿지 못한다면	자 불 아 신 子不我信
하늘의 밝은 달에 맹세하리	명 월 재 천 明月在天

주생이 쓰기를 마치자, 배도는 정성을 다해 글씨 쓰인 비단을 접어 봉하더니 속곳 허리띠에 넣었다.

이날 밤 〈고당부高唐賦〉[7]를 읊으며 두 사람은 서로 부부의 연을 맺

---

6 **이익과 곽소옥**: 당나라 장방蔣防이 지은 《곽소옥전霍小玉傳》의 불행한 사랑이야기 주인공 이익李益과 기생 곽소옥霍小玉을 말한다.

7 **고당부**: 초나라 시인 송옥宋玉이 양왕襄王에게 들은 부친 회왕懷王이 낮잠 속에서 무산巫山의 신녀神女와 동침한 일을 서술한 부賦다. 부는 글귀 끝에 운을 달아 대구를 맞추어 짓는 한시의 한 형식이다.

은 즐거움을 얻어 금생의 취취[8]에 대한 사랑도 위랑의 빙빙[9]에 대한 사랑도 비교가 되지 않았다.

다음날 주생이 어제 한밤중에 사람소리와 말 울음소리가 들린 것을 캐물으니 배도가 자세히 설명해주었다.

"여기에서 조금 떨어진 물가에 붉은 대문집이 있는데 바로 승상 노씨댁입니다. 승상은 이미 돌아가시고 홀로 계시는 부인은 남매를 두었는데 둘 다 혼인을 하지 않았습니다. 부인은 날마다 가무를 일삼으며 적적함을 달래고 있지요. 어젯밤에도 말을 보내어 저를 데리러 왔지만 낭군이 계셔서 아프다고 둘러대어 사양하였습니다."

이날부터 주생은 배도에게 푹 빠져 밖의 일은 사절하고 날마다 배도와 거문고를 연주하고 술을 마시며 서로 즐거운 시간을 보낼 뿐이었다.

---

8 **취취**: 명나라 때 가구우瞿佑가 쓴 《취취전翠翠傳》의 주인공들로 금정金定과 유취취劉翠翠이다.

9 **빙빙**: 명나라 이정李禎이 쓴 《전등여화前燈餘話》 중 〈가운화환혼기賈雲華還魂記〉에 나오는 주인공들로 원대元代 항주에 살면서 서로를 선택하여 깊이 사랑한 부부 위붕魏鵬과 가빙빙賈娉娉이다.

어느 날 정오 무렵 갑자기 문을 두드리는 사람이 있었다.

"배랑은 계시오?"

배도가 아이에게 맞이하게 시켰더니 승상댁의 머슴이었다. 머슴이
승상부인의 말을 전하였다.

"노마님께서 오늘 작은 술자리를 가지려 하시면서 '배랑이 없으면
즐겁지 않다. 그래서 안장 갖춘 말을 보내니 번거롭다 하지 말라.'
고 하셨습니다."

배도가 주생을 돌아보며

"귀인께서 두 번이나 청하시니 감히 받들지 않을 수 있겠습니까?"

이렇게 말을 하고는 화장하고 머리 빗고 옷을 갈아입고 나왔다. 주생이 옆에 붙어 서서 부탁하였다.

"밤은 새지 않길 바라오."

주생은 배도를 배웅하며 대문에 나서서까지 '밤은 새지 말라'고 서너 번 신신당부하였다.

배도가 말에 올라 길을 나서니, 사람은 꼭 날렵한 제비 같고 말은 나는 용 같아서 아름다운 꽃과 버들가지 사이로 사뿐사뿐 미끄러지듯 사라졌다. 주생은 마음을 안정시킬 수가 없어서 곧장 뒤를 쫓아갔다. 용금문湧金門[10]을 나와 왼쪽으로 돌아 수홍교垂虹橋[11]에 이르니, 과

---

10 **용금문**: 항주 서호 동쪽에 전당문錢塘門(북) 용금문涌金門(중앙) 청파문清波門 (남)이 있었다. 용금문에서 멀지 않은 곳에 대한민국 '항주임시정부청사'가 있다.

11 **수홍교**: 소주蘇州를 흐르는 오강吳江을 가로지르는 500여 미터의 다리로 북 송 초에 건설되었다. 소설 속의 장소는 항주이나, 소주의 수홍교가 등장하는

연 우뚝우뚝한 집들이 구름처럼 즐비한데 정말로 배도가 말한 것처럼 '물가에 붉은 대문집'이 있었다. 조각되고 굽어진 난간이 푸른 버들과 붉은 살구나무 사이에 반쯤 가려져 있고 생황과 피리소리가 아련하여 공중에서 들리는 것 같았다. 때때로 음악소리가 그치면 웃음소리와 말소리가 낭랑하게 밖으로 흘러 나왔다. 주생은 다리 위를 배회하다 고풍시古風詩[12] 한 편을 지어 기둥에 걸었다.

버들숲 너머 잔잔한 호숫가 누각에는	유 외 평 호 호 상 루 柳外平湖湖上樓
붉은 용마루 푸른 기와에 봄빛이 비치네	주 흥 벽 와 조 청 춘 朱甍碧瓦照青春
봄바람은 웃고 떠드는 소리 전하나	춘 풍 취 송 소 어 성 春風吹送笑語聲
꽃 너머 누각에는 사람모습 없구나	격 화 불 견 루 중 인 隔花不見樓中人
꽃 사이 오가는 제비 한 쌍 부러워라	각 선 화 간 쌍 연 자 却羨花間雙燕子
마음대로 주렴 안을 날아드는구나	임 정 비 입 주 렴 리 任情飛入朱簾裏
이리저리 배회하며 차마 돌아서지 못하는데	배 회 미 인 답 귀 로 徘徊未忍踏歸路
잔물결 위로 지는 노을 길손 시름 더하노라	락 조 섬 파 첨 객 사 落照纖波添客思

주생이 방황하는 사이에 석양이 점점 붉어지더니 금방 어둠이 밀

것은 작가가 인지하지 못한 사항이다.

12 **고풍시**: 고체시古體詩라고도 하며, 4언·5언·7언·잡언 등의 형식이 있으나 대구對句의 제약이 없고, 평측平仄과 운韻이 비교적 자유롭다.

려들어 땅거미가 졌다. 이윽고 여인들 몇 무리가 붉은 대문에서 말을 타고 나오는데, 금안장과 옥굴레의 광채가 사람을 비추었다. 주생은 그 사이에 배도가 있을 것이라고 생각하며 빠르게 길가의 빈 점방에 몸을 숨기고, 십여 무리를 일일이 살펴보았으나 배도는 보이지 않았다. 주생은 마음속으로 매우 의아하게 생각되어 다시 다리 위로 돌아왔을 때는 이미 소와 말을 구분할 수 없을 정도로 어두워졌다.

곧바로 주생이 붉은 대문 안으로 들어갔으나 도무지 한 사람도 보이지 않았다. 또 누대 아래까지 가 보았지만 역시나 한 사람도 보이지 않았다. 곧바로 걱정이 되었으나 달빛이 조금씩 밝아져 누각의 북쪽으로 연지蓮池가 보였다. 못가에는 온갖 꽃들이 흐드러지고 꽃들 사이로 좁은 길이 굽이져 있었다. 주생이 길을 따라 살금살금 가 보았더니 꽃밭 끝에 집이 있었다. 계단을 따라 올라가 서쪽으로 꺾어서 수십 걸음을 가니 멀리 포도덩굴 아래에 작지만 매우 화려한 집이 한 채 있었다. 비단창이 반쯤 열려 있고 그림이 그려진 화려한 초가 높이서 밝게 비추는데, 그 촛불 밑으로 붉은 치마에 푸른 저고리를 입고 조용히 오락가락하는 모습이 꼭 그림 속에 있는 듯하였다.

주생이 몸을 숨기며 다가가 숨을 죽이고 엿보았더니 금빛 병풍과 화려한 보료가 사람의 눈을 사로잡았다. 부인은 보라색 비단적삼을 입고 백옥서안에 비스듬히 기대어 앉아 있었는데, 나이는 오십 가까이 되어 보이고 조용히 돌아보는 맵시에는 우아한 자태가 남아 있었다.

열네다섯쯤으로 보이는 소녀 하나가 부인의 곁에 앉아 있었다. 탐스러운 귀밑머리에 짙은 검은빛 머리채였고, 고운 뺨엔 옅은 붉은 빛이 돌고 맑은 눈동자가 살짝 흘겨보는 모습은 일렁이는 물결에 비치는 가을 달 같고, 예쁜 미소가 만드는 보조개는 봄꽃이 새벽이슬을 머금은 듯하였다. 그 둘 사이에 앉아있는 배도는 봉황 사이의 올빼미 같을 뿐 아니라 구슬 사이에 놓인 모래나 자갈돌 같았다. 주생의 넋은 구름 밖을 날고 마음은 공중에 붕 떠서 미친 듯이 소리를 지르며 뛰어들고 싶은 충동이 여러 차례 일어났다.

술이 한 차례 돌고 나서 배도가 돌아가고 싶다는 말을 하니 부인이 끝내 만류하였다. 그러나 배도가 더욱 간절하게 돌아가길 청하니 부인이 물었다.

"평소에는 이런 적이 없었는데, 어찌 이처럼 급하게 서두르느냐? 설마 정인과 약속이라도 있는 것이냐?"

배도가 옷깃을 여미고 자리에서 일어나 대답하였다.

"부인께서 물으시니 감히 제가 사실대로 대답하지 않을 수 있겠습니까?"

배도는 마침내 주생과 맺은 인연을 자세히 이야기하였다. 부인이 말하기도 전에 소녀가 빙그레 웃더니, 눈길을 돌려 배도를 보며

"왜 진작에 말하지 않았어? 하룻밤의 행복한 만남을 놓칠 뻔 했 잖아."

하니, 부인도 크게 웃으며 돌아가는 걸 허락하였다.

주생이 종종걸음으로 재빨리 빠져나와 배도의 집에 먼저 다다라, 이불을 끼고 자는 척하며 코를 우레같이 골았다. 배도가 뒤따라 도착하여, 주생이 누워 자는 것을 보고 손으로 부축하여 일으키며 물었다.

"낭군은 지금 무슨 꿈을 꾸고 있습니까?"

주생은 배도의 말이 끝나기가 무섭게 입에서 나오는 대로 읊었다.

꿈결에 요대의 오색구름 속에서　　몽 입 요 대 채 운 리
　　　　　　　　　　　　　　　　夢入瑤臺彩雲裏
겹겹의 비단휘장 안 선아(선녀)를 꿈꾸었네　구 화 장 리 몽 선 아
　　　　　　　　　　　　　　　　九華帳裏夢仙娥

배도가 불쾌한 척 따졌다.

"선아는 도대체 누구란 말이오?"

주생은 대답할 말이 없어 바로 이어서 또 읊었다.

꿈에서 깨어도 선아가 있어 기쁜데 각 래 각 희 선 아 재
覺來却喜仙娥在

집안 가득한 꽃과 달은 어찌할꼬 내 차 만 당 화 월 하
奈此滿堂花月何

연이어 주생은 배도의 등을 쓰다듬으면서 말을 건넸다.

"그대가 나의 선아가 아니겠는가?"

배도가 웃으며 기쁘게 대답하였다.

"그렇다면 낭군은 어찌 저의 선랑이 아니겠어요."

이로부터 서로 선아니 선랑이니 하며 주고받았다. 주생이 늦게 온
사연을 묻자 배도가

"잔치가 끝난 뒤 부인이 다른 기녀들은 다 돌려보내고 오직 저만 소
녀 선화仙花의 방에 남으라고 하셨어요. 다시 작은 술상을 차려와

이처럼 늦었을 뿐입니다.”

하였다. 주생이 이어서 자세하게 물으니, 배도가 대답하였다.

“선화의 자는 방경芳卿으로 나이는 겨우 열다섯인데, 자태가 우아하고 고와서 거의 이 세상 사람이 아닌 것 같답니다. 또 가사를 잘 짓는 재주가 있고 자수에도 빼어나 못난 제가 감히 넘겨볼만한 사람이 아닙니다. 어제 〈풍입송風入松(바람이 소나무에 들다)〉이라는 악부樂俯[13]의 가사를 새로 지어놓고 거문고 가락에 올려보고 싶다고 하였습니다. 제가 그 음률을 조금 알기에 남아서 곡을 맞추어 보았을 따름입니다. ”

주생이 또

“그 가사를 들어볼 수 있겠소?”

하고 물으니, 배도가 한 번에 낭랑하게 읊어주었다.

---

13 **악부**: 인정, 풍속을 내용으로 읊은 한시의 한 유형이다.

옥창에 꽃은 만발하여 봄날은 더디기만 하고

집안은 정막하게 주렴만 드리웠네

모래 위의 예쁜 오리들 석양빛을 즐기며

춘당에서 멱 감는 쌍쌍이 부러워라

버들너머 옅은 안개는 고요하고

안개 속 가는 버들가지만 하늘거리네

옥 창 화 란 일 지 지
玉窓花爛日遲遲

원 정 렴 수
院靜簾垂

사 두 채 압 의 사 조
沙頭彩鴨依斜照

선 일 쌍 대 욕 춘 지
羨一雙對浴春池

류 외 경 연 막 막
柳外輕烟漠漠

연 중 세 류 사 사
烟中細柳絲絲

미인이 잠깨어 난간에 기대니

말간 뺨이나 수심 깊은 미간이네

제비새끼 지저귈 때 꾀꼬리노래 잦아들듯

꽃다운 날이 꿈결처럼 시들어 서러워라

그저 거문고 끌어안고 가벼이 눌러보지만

곡에 서린 깊은 원망을 누가 알리오

미 인 수 기 의 란 시
美人睡起倚欄時

취 렴 수 미
翠斂愁眉

연 주 해 어 앵 성 로
燕雛解語鶯聲老

한 운 화 몽 리 도 쇠
恨韻華夢裏都衰

각 파 요 금 경 롱
却把瑤琴輕弄

곡 중 유 원 수 지
曲中幽怨誰知

배도가 선화의 가사 한 구를 읊을 때마다 주생은 속으로 탄복하였다. 그러더니 곧 배도를 속이면서 말하였다.

"이 노랫말은 전부 규방의 봄날 회포를 곡진하게 담고 있어서 소약란蘇若蘭[14]의 시 짓는 솜씨가 아니면 이 경지에 이르기가 쉽지 않소. 비록 그렇다 해도 나의 선아가 꽃을 새기고 옥을 깎는 듯한 재주에는 미치지 못하오."

말은 이렇게 하였으나 주생이 선화를 본 뒤부터 배도를 향한 정은 얕아지고 얇아져서 서로 말하고 답할 때 억지로 웃고 즐거운 체하지만, 마음에는 오로지 선화 생각뿐이었다.

---

14 **소약란:** 오호십육국시대 전진前秦의 시평始平 사람으로 여류시인이다. 약란若蘭은 자이고 이름은 혜蕙이다.

하루는 승상부인이 어린 아들 국영國英을 불러 타일렀다.

"네 나이가 벌써 열두 살이 되었는데도 아직 학문을 배우러 다니지 않으니 나중에 어른이 되면 어떻게 자립하겠느냐? 내가 들으니 배랑 의 부군인 주생이 문장에 능한 선비라고 하더라. 네가 가서 배움을 청해 보아라!"

부인의 가법家法은 매우 엄격하여 국영은 감히 어머니의 명을 어길 수 없어서 그날로 책을 끼고 주생을 찾아갔다. 주생은 속으로 은근히 기뻐하며

"이제야 내 일은 다 이루어졌다."

라고 생각하며 두 번 세 번 겸손하게 사양하다가 마침내 국영에게 공부를 가르쳤다.

배도가 집 비우기를 기다렸다가 주생이 하루는 조용히 국영에게

"네가 오가면서 공부하기가 너무 힘들겠다. 만약 너희 집에 별채가 있어서 내가 너희 집으로 옮겨가 지낸다면, 너는 고달프게 오고가지 않아도 되고 나는 너를 가르치는 데 전념할 수 있을 것인데……"

라고 하니, 국영이 절하고 고마워하였다.

"감히 청하지 못하였지만 제가 원하는 것입니다."

국영이 돌아가 어머니께 말씀드리니, 승상부인이 그날로 주생을 맞이하라고 하였다. 배도가 밖에서 돌아와 이 말을 듣고 크게 놀랐다.

"선랑은 혹시 딴 생각이 있으신가요? 어쩌자고 저를 버리고 다른 곳으로 가시려고 하나요?"

주생이 대답하였다.

"내 들으니 승상댁에는 소장한 책이 삼만 축이나 되지만 부인께서 돌아가신 분의 물건을 함부로 내돌리고 싶지 않다 하신다니, 내가 승상댁에 가서 세간에서는 볼 수 없는 책을 읽고 싶을 뿐이오."

"낭군이 학문에 힘쓰시는 건 저의 복이지요."

배도는 이 말만 할 뿐이었다.

주생이 승상댁으로 처소를 옮겨 낮에는 국영과 함께 지냈지만, 밤이면 물샐틈없이 문단속을 하는 바람에 선화를 어찌해볼 도리가 없었다. 주생은 밤마다 뒤척거리며 열흘을 보내다가 문득 이런 생각이 들었다.

'애초에 내가 이 집에 온 것은 선화를 어찌해보려는 것이었잖아. 지금 꽃다운 봄날이 다 지나가도록 이상스럽게 만나지도 못했으니, 황하가 맑아지기를 기다리려면 사람이 얼마를 살아야 하나? 아무 생각하지 말고 한밤중에 뛰어드는 게 낫겠어. 일이 성사되면 좋고 안 되면 죽기밖에 더하겠어. 뭐 괜찮아.'

이날 밤에는 달이 없었다. 주생은 몇 겹의 담을 넘고서야 겨우 선화의 방에 이를 수 있었다. 회랑의 굽은 난간에는 주렴과 휘장이 겹겹이었다. 한참을 살펴보았으나 인기척이 전혀 없고 단지 선화가 촛불을 밝히고 곡 짓는 것만 보였다. 주생은 난간 사이에 숨어 선화가 곡 연주하는 것을 들었다. 선화가 곡 연주를 끝내고 낮게 소자첨蘇子瞻[15]의 〈하신랑賀新郎(새신랑을 축하하다)〉 가사를 읊었다.

주렴 밖에 누가 와 비단창 두드려 　簾外誰來推繡戶

꿈속 요대곡을 멈추게 하는가 　枉教人夢斷瑤臺曲

알고 보니 　又却是

바람이 대나무 스치는 소리였네 　風敲竹

주생이 듣고서 즉시 주렴 아래에서 낮게 읊었다.

바람이 대를 흔든다 말을 마오 　莫言風動竹

바로 그리운 이 사람이 왔다오 　直箇玉人來

---

15 **소자첨**: 북송 때 소식(1036~1101)의 자이다. 호는 동파이며 문장에 뛰어난 문인이자 학자, 정치가이다.

선화는 못 들은 체하고 바로 촛불을 끄고 잠자리에 들었다. 주생이 살그머니 선화의 방으로 들어가 잠자리를 파고들어 동침하니, 선화는 나이가 어리고 몸은 여려서 정사를 참아내지 못하였다. 그러나 엷은 구름이 가랑비 내리듯 하늘거리는 버들가지처럼 꽃 같은 교태로 달콤하게 흐느끼다 부드럽게 속삭이며 살짝 웃는 듯도 찡그리는 듯도 하였다. 주생은 벌과 나비가 꽃을 찾아 꿀을 빨듯 의식이 혼미해지고 정신이 녹아나 새벽이 가까워진 것도 몰랐다. 문득 난간 밖 꽃가지에서 꾀꼬리 우는 소리가 들렸다. 주생이 깜짝 놀라 방을 나오니 연못과 집 주위는 조용하고 새벽기운만 몽롱하였다. 선화가 주생을 보내려고 문을 나왔다가 갑자기 문을 홱 닫고 들어가면서 낮게 외쳤다.

"이후로 다시는 오지 마십시오. 어젯밤 일이 새어나가면 죽음을 각오해야 합니다."

주생은 가슴이 턱 막히고 목이 메어 다급하게 되돌아서서 말하였다.

"겨우 좋은 인연을 만들고선 어찌 이리 야박하게 구시오!"

선화가 깔깔거리며

"아까 한 말은 농담이에요. 그대는 화내지 마시고 저녁에 만나요."

그러자 주생은 연신 응응 콧소리를 내며 물러갔다. 선화는 방에 돌아와 〈조하문효앵早夏聞曉鶯(초여름 새벽 꾀꼬리 소리를 듣다)〉이라는 절구시를 지어 창에 걸었다.

비 갠 하늘에 옅은 구름 고요한데	막 막 경 음 우 후 천 漠漠輕陰雨後天
푸른 버들은 그림 같고 풀은 안개 같구나	록 양 여 화 초 여 연 綠楊如畫草如烟
봄날 근심은 봄 따라 가지 않고	춘 수 불 공 춘 귀 거 春愁不共春歸去
새벽 꾀꼬리 따라 베개머리에 드는구나	우 축 효 앵 래 침 변 又逐曉鶯來枕邊

그날 밤에 주생이 또 선화를 찾아가다가 담장 아래 나무그늘에서 갑자기 신발 끄는 소리를 듣고 사람들에게 들킬까 두려워 얼른 달아나려 하였다. 신발 끌던 사람이 청매실을 던져 그의 등 한가운데를 맞혔다. 주생은 난처했지만 도망갈 곳이 없어 더부룩한 대숲아래에 납작 엎드렸다. 그때 신발 끌던 사람이 낮은 목소리로 말했다.

"주생, 무서워 마셔요. 앵앵이[16]가 여기 있어요."

---

16 앵앵이: 《서상기西廂記》의 주인공 장생張生과 최앵앵崔鶯鶯에 빗대어 선화가 자신을 앵앵이라고 한 것이다.

주생이 선화에게 속은 것을 알아차리고 그제서야 일어나 선화의 허리를 꼭 껴안으며

"어찌 이처럼 사람을 속이시오?"

하니, 선화가 웃으며 속삭였다.

"어찌 감히 낭군님을 속이겠어요. 낭군님이 지레 겁먹은 거지요."

"향을 훔치고 옥을 도둑질¹⁷하는데, 어찌 겁을 먹지 않겠소?"

주생은 선화의 손을 잡고 방으로 들어가 창가에 걸린 절구시를 보고는 그 마지막 구절을 가리키며 말하였다.

"아름다운 사람이 무슨 근심이 있어 이와 같은 말을 하시오?"

선화가 가만가만 대답하였다.

---

17 **향을……도둑질**: 진晉나라 가충賈充의 딸 오누가 아버지의 향을 훔쳐 한수韓壽에게 주고서 서로 정을 통하다가 아버지에게 들켜 마침내 한수와 혼인했다는 고사에서 유래한다.(《진서晉書 가충전賈充傳》)

"여자의 몸은 근심과 더불어 한 평생을 살아가지요. 사랑하는 사람을 만나지 못하면 만나길 소원하고, 사랑하는 사람을 만나면 이별할까 두려워하지요. 이러니 여자의 몸으로 어디 머문들 근심 없이 살 수 있겠어요? 하물며 낭군께선 남의 집 담장을 넘어 박달나무를 꺾었다[18]는 비난을 들어야하고 저는 밤이슬을 맞으며 만났다는 모욕을 받아야 합니다. 불행하게도 하루아침에 사랑의 흔적이 발각되면 친척들도 받아들이지 않을 것이고 마을에서도 천하게 볼 것입니다. 비록 낭군님과 손잡고 함께 늙어가려 해도 어찌 가능하겠습니까? 오늘의 일은 구름 사이의 달 같고 나뭇잎 사이의 꽃 같아서 비록 한 때의 즐거움을 누리지만, 오래 가지 못할 것이니 어찌해야 할런지요?"

선화가 근심스레 말을 끝내고 구슬 같은 눈물을 흘리며 원망을 견디지 못하였다. 주생이 선화의 눈물을 닦아주며 위로하였다.

"대장부가 어찌 여자 하나를 거두지 못하겠소? 내 마땅히 나중에 매파를 넣어 예로써 그대를 맞이할 테니, 그대는 근심을 내려놓으시오."

선화가 눈물을 거두고 고마워하며 말하였다.

_____

18 **박달나무를 꺾었다**: 《시경詩經》〈정풍鄭風 장중자將仲子〉에서 유래한 말로 처녀를 범했다는 말이다.

"꼭 낭군님의 말씀처럼만 된다면, 제가 비록 부족하나 덕을 펴고, 극진히 제물을 갖추어 제사 받드는 일에 정성을 다하겠습니다."

선화가 향합에서 작은 화장거울을 꺼내어 둘로 나누었다. 그 중 하나는 자기가 가지고 하나는 주생에게 주면서

"동방화촉洞房華燭(결혼한 신랑신부의 첫날밤)의 밤을 기다렸다 다시 합하기로 해요."

하고는, 또 하얀 비단부채를 주생에게 주며 간절하게 말하였다.

"이 두 가지 물건은 비록 보잘 것 없지만 저의 간곡한 마음이 담겨 있습니다. 부디 난새를 탄 선녀처럼 저를 사랑해 주시고 가을날의 쓸모없는 부채처럼 버려지는 원한을 주지 마셔요. 비록 항아(달에 산다는 선녀)의 모습을 잃어버리더라도 밝게 빛나던 보름달을 꼭 가련하게 여겨주셔요."

이로부터 저녁이면 만나고 새벽이면 헤어지길 하루도 거른 날이 없었다.

죽음과 이별

어느 날, 주생은 문득 오랫동안 배도를 보지 못한 게 생각났다. 배도가 이상하게 생각할까 두려워 곧 배도의 집으로 갔다가 승상댁으로 돌아가지 않았다. 주생을 기다리던 선화가 밤중에 주생의 방에 가서 몰래 주생의 염낭을 열어보니, 배도가 주생에게 준 시 몇 폭이 들어있었다. 선화는 분노와 질투를 이기지 못하여 책상 위에 놓여있던 붓으로 새까맣게 칠해버렸다. 그리고는 〈안아미眼兒眉(눈과 눈썹)〉라는 악부 한 수를 지어 푸른 비단에 써서 염낭에 집어넣고는 나왔다. 그 가사는 이러하였다.

창밖에 드문드문 반딧불 반짝이고	창 외 소 형 멸 복 류 窓外疏螢滅復流
기우는 달은 높은 누대에 걸렸구나	사 월 재 고 루 斜月在高樓
댓돌에는 우수수 댓닢 소리 들리고	일 게 죽 운 一階竹韻
집안에는 오동그림자 가득하니	만 당 오 영 滿堂梧影
밤은 고요하고 이 사람은 시름겨워 하노라	야 정 인 수 夜靜人愁

지금까지 탕자는 소식도 없이	차 시 탕 자 무 소 식 此時蕩子無消息
어디에서 한가롭게 놀고 있는가	하 처 작 한 유 何處作閑遊
그래, 생각을 말자 하나	야 응 불 념 也應不念
떨어져 있는 마음 걱정은 이어져	리 정 맥 맥 離情脉脉
앉아서 산가지만 세고 세노라	좌 수 경 주 坐數更籌

다음날 주생이 돌아왔지만 선화는 질투나 원망하는 기색이 전혀 없고 또 염낭을 열어본 일도 말하지 않았다. 주생이 스스로 알아차리길 바랐으나 주생은 무심하여 별다른 생각을 하지 못했다.

하루는 부인이 잔치를 열고 배도를 불러 주생의 학문과 덕행을 칭찬하고, 또 아들을 가르친 수고에 감사하며, 친히 술을 따라 배도에게 주며 주생에게 권하도록 하였다. 주생은 이날 밤 여러 번 받아 마신 술에 취해 인사불성이 되었다. 배도는 잠든 주생 방에서 잠을 이룰 수가 없어 홀로 앉아 우연히 주생의 염낭을 열어보았더니, 자기가 써준 가사가 검게 칠해진 것을 보고 마음이 몹시 언짢아졌다. 또 〈안아미〉 가사를 보고 선화가 한 짓인 것을 알고 크게 분노하였다. 그 가사를 꺼내 소매 속에 감추고 염낭을 전처럼 묶어놓고 앉아서 아침을 기다렸다. 주생이 술이 깨자 배도가 찬찬히 물었다.

"낭군은 여기에서 오랫동안 기거하면서 돌아오지 않은 것은 무엇 때문인가요?"

"국영이 아직 공부가 끝나지 않아서지."

"처남을 가르치는데 마음을 다하지 않을 수 없겠지."

이렇게 비꼬아 말하자 주생이 무안하여 얼굴과 목덜미까지 붉히며 말하였다.

"이 무슨 말을 그리하오?"

배도는 한참동안 말을 하지 않았다. 주생이 당황하여 어쩔 줄 몰라 하며 고개를 숙이고 방바닥만 내려다보았다. 배도가 소매 속에

감춰 둔 가사를 꺼내어 주생 앞에 내던지며 매몰차게 몰아붙였다

"담장을 넘어 서로 만나고 구멍을 뚫어 서로 엿보는 것이 어찌 군자가
할 짓입니까? 나는 당장 들어가 승상부인께 아뢰겠습니다."

배도가 곧바로 몸을 끌며 일어나니 주생이 깜짝 놀라 황급히 붙들어
앉히고 사실대로 다 이야기하였다. 또 머리를 조아리며 간절하게 빌었다.

"선화 아가씨와 나는 백년해로하기로 굳게 맹세하였는데 어찌 잔인하
게 사람을 죽음으로 몰아넣으려는 거요?"

배도가 마지못해 생각을 돌려먹고 말하였다.

"그러면 낭군께선 저와 함께 돌아갑시다. 그렇지 않으면 낭군은 이미
약속을 저버렸으니 제가 어찌 맹세를 지키겠습니까?"

주생은 할 수 없이 핑계를 대고 배도의 집으로 돌아왔다. 배도
는 선화와의 일을 알고부터 다시는 주생을 선랑이라 부르지 않았
으니, 마음이 편하지 않아서였다. 주생은 골똘히 선화만을 생각
하여 날마다 초췌해지더니 병을 빙자하여 일어나지 않은 지 20여

일이 되었다.

얼마 뒤, 국영이 병으로 죽었다는 소식이 와 주생이 제물을 갖춰 승상댁에 가서 국영의 널 앞에 올리고 절하였다. 선화 또한 주생 때문에 병이 깊어져 일어나는데도 다른 사람의 손을 필요로 하였다. 갑자기 주생이 왔다는 소식을 듣고 선화는 병을 무릅쓰고 억지로 일어나 엷게 화장하고 소복차림으로 혼자 주렴 안에 서 있었다. 주생은 예를 마치고 멀리서 선화를 보고 눈길을 주어 마음을 전하고 나왔다. 주생이 머리를 숙였다 돌아보는 사이에 선화는 이미 사라져 보이지 않았다.

몇 달 후 배도가 병을 얻어 일어나지 못하였다. 주생의 무릎을 베고 죽어가면서 눈물을 머금고 말하였다.

"순무의 뿌리처럼 하찮은 제가 송백의 그림자 같은 당신을 의지하여 살았는데 향기가 다하기도 전에 소쩍새가 먼저 울 줄 어찌 생각이나 했겠습니까! 이제 낭군님과 영원히 이별하려 하니 화려한 비단옷과 악기도 다 소용없게 되었습니다. 지난날의 소원도 이미 이룰 수 없게 되었지요. 그저 바라는 건 제가 죽은 후에 선화를 배우자로 삼으시고, 저의 뼈는 낭군님이 오가는 길섶에 묻어주신다면 비록 죽더라도 산 것과 같을 것입니다."

말을 마치자 기절하였다가 한참 후에 깨어나 겨우 눈을 뜨고 주생을 바라보며

"주랑, 주랑! 부디 몸을 소중히 하소서! 소중히 하소서!"

연이어 몇 번을 더 말하고는 숨을 거두었다.

주생이 크게 통곡하면서 호숫가 큰길가에 배도를 묻어 소원을 들어주었다. 그리고 제문을 지어 제사를 지냈다.

모년 모월 모일 매천거사는 노란 바나나와 붉은 여지를 마련하여 배랑의 영혼에게 제를 올리노라.

아! 혼령이여, 꽃처럼 곱고 아름다우며, 달의 자태를 가진 듯 나긋나긋하고 맵시가 있었다. 춤은 장대章臺(한나라 장안의 거리 이름)의 하늘거리는 버들 같고 자색은 깊은 골짜기의 난보다 빛나는 이슬에 젖은 붉은 꽃송이 같았다. 회문시回文詩[19]에 있어서 어찌 소약란만 독보적이랴!

---

19 회문시: 시구를 어떻게 놓아도 의미가 통하고 시법에도 맞는 독특한 형식의 시로 소약란이 처음 만들었다고 한다.

그대의 고운 가사는 가운화賈雲華(원대 항주의 재녀)도 명성을 다투기 어려웠도다. 이름은 비록 기적에 올라 있으나 뜻은 고결하고 정절은 굳게 지키고 있었노라.

나의 방탕한 마음은 바람에 흔들리는 버들솜 같았고, 외로운 발길은 물위에 뜬 부평초 같았다. 고향에 돌아와 그대를 만나 사랑을 나누었고 예를 갖춰 혼인하여 기적에서 빼주겠다는 약속은 저버리지도 않았고 잊지도 않았노라.

달이 떠서 환해질 때 우리는 꽃 같은 맹세를 하였었네. 구름 낀 창가에는 밤의 정적이 감돌고 화원엔 맑은 봄기운이 쌓였었지. 한 잔의 좋은 술을 마시고 황홀한 노래는 몇 곡이나 불렀던가!

시간은 가고 일은 지나 즐거움이 다하고 슬픔이 생길 줄 어찌 생각이나 했을까? 비취빛 이불이 따뜻해지기도 전에 원앙의 꿈이 먼저 깨어졌구나. 기쁨의 의미는 구름처럼 부질없이 사라지고 선물 같은 사랑은 빗방울처럼 덧없이 흩어졌도다. 눈을 드니 비단치마는 색이 바래이고 귀를 기울려도 옥패소리 들리지 않으나, 사랑의 맹세를 적은 고운 비단 한 자락에만 아직 향기가 남았도다. 붉은 줄의 푸른 거문고는 헛되이 상위

에 놓여 있고 남교藍橋(신선이 사는 동굴이 있다는 곳)의 옛집은 홍랑

(배도의 계집종)에게 맡겼도다.

오호라! 아름다운 사람은 얻기도 어렵고 덕 있는 소리는 잊혀지지도

않노라. 옥 같은 자태, 꽃 같은 맵시가 눈에 선하구나. 천지가 영원하듯

이 한도 아득하기만 하구나. 타향에서 짝을 잃었으니 누구를 의지하고

믿어야 하나?

다시 옛날처럼 노를 저어 왔던 길을 되돌아가야 하네. 물길은 멀기만

하고 세상은 아득하기만 한데 외로운 조각배로 만 리 길을 가고 간들 누

구를 의지해야하나?

언제 다시 와 그대를 위로할지 이 넓은 세상에서 기약하기 어렵도다.

산에는 돌아오는 구름이 있고 강에는 되돌아오는 조수[20]가 있노라. 그대

가 가니 이리도 적막하구나. 제를 올리는 건 한 잔의 술이고 나의 마음을

보내는 건 이 글이로다.

바람결 따라 한 번 술과 글을 올리니 꽃다운 혼령이여! 부디 흠향하기

바라노라.

---

20 조수: 전당강은 바닷물의 영향으로 조수가 일며 음력 8월 중순 때가 가장 심
   하다.

주생이 제사를 끝내고 두 여종과 헤어지면서 말하였다.

"너희들은 집을 잘 지키거라. 내가 훗날 성공하면 꼭 와서 너희를 돌봐
줄 것이다."

"저희는 주인아씨를 어머니처럼 우러렀고 아씨도 저희를 딸처럼 여겼
습니다. 저희가 박복하여 아씨를 일찍 여의었으니, 저희가 믿고 마음
붙일 분은 오직 낭군님뿐입니다. 이제 낭군님마저 또 떠나신다니 저
희들은 누구를 의지해야 합니까?"

여종들이 눈물을 흘리며 섧게 울기를 그치지 않았다. 주생이 두
번 세 번 위로하고 쓰다듬고는 눈물을 뿌리며 배에 올랐지만 차마
노를 저어 떠날 수가 없었다.

이날 저녁 주생은 수홍교 아래에 머물며 선화의 집을 바라보니
은촛대에 붉은 촛불이 숲속에서 깜빡깜빡하였다. 주생은 선화와
혼인하기로 한 약속이 이미 멀어졌다고 생각되어 다시 만날 인연이
없음을 탄식하며 〈장상사長相思(오래 그리워하다)〉 한 곡을 읊었다.

안개 속에 꽃은 만발하고 　花滿烟

안개 속에 버들은 가득한데 　柳滿烟

봄빛에 기대어 소식 전하고 싶어라 　音信初憑春色傳

푸른 창 깊이 그대 잠든 곳으로 　綠窓深處眠

좋은 인연이었나 　好因緣

나쁜 인연이었나 　惡因緣

이른 새벽 그대 방 불빛만 바라보다 　曉院銀釭已惘然

구름 자욱한 물가에서 배를 돌리네 　歸帆雲水邊

　주생은 새벽까지 머뭇거리고 뒤척이며 잠을 이루지 못하였다. 떠나자니 선화와 영원히 멀어지고 머물자니 배도와 국영이 죽어서 도무지 핑계거리가 없기 때문이었다. 백방으로 생각해 보아도 답을 얻을 수가 없었다. 날이 밝아오자 어쩔 수 없이 노를 저어 출발하였다. 선화의 집과 배도의 무덤이 차츰차츰 멀어지더니 산굽이를 지나 강줄기를 도니 홀연히 보이지 않았다.

회한과 그리움

주생의 외가 친척인 장씨 노인이 호주湖州의 거부인데, 평소에 친척들과 화목하여 칭찬이 자자하였다. 주생이 찾아가서 의지해 보니 장 노인이 매우 후하게 대접하였다. 몸은 비록 편안하였지만 선화를 그리워하는 주생의 마음은 시간이 갈수록 더욱 절실하여졌다. 어쩔 줄 몰라 하는 사이에 또 봄이 오니, 이때가 만력萬曆 임진년(1592)이었다. 장 노인은 주생의 용모가 날마다 여위는 걸 보고 이상하게 여겨 물어보았다. 주생은 감히 숨길 수가 없어서 사실대로 이야기하였다. 장 노인이 위로하며 말하였다.

"너는 마음에 이런 일을 담아놓고서 왜 진작 말하지 않았느냐? 내 안 사람이 노 승상과 성이 같고, 여러 대에 걸쳐 서로 연락하며 지내는 집안이다. 내가 너를 위하여 힘써 볼 것이다."

다음날 장 노인이 처에게 편지를 쓰게 하고는 머슴을 곧장 전당으로 보내어 진晉나라의 왕도王導(276~339)와 사안謝安(320~ 385)[21]처럼 혼사를 의논하도록 하였다.

선화는 주생과 이별 후 오랫동안 자리에 누워있어서 야월대로 야위었다. 승상부인도 주생이 그 원인인 걸 알고 선화의 뜻을 이루어 주고 싶었으나, 주생이 이미 떠나버려서 어쩔 도리가 없었다. 이러던 중에 갑자기 노씨(장 노인의 처)의 편지를 받고 온 집안이 기뻐하였다. 선화도 겨우 일어나 머리 빗고 세수하니 평상시와 같아 보였다. 곧 이 해 9월에 혼인하기로 약속하였다.

주생은 날마다 포구에 나가 머슴이 돌아오길 하염없이 기다렸다. 열흘이 되기 전에 머슴이 돌아와 정혼의 뜻을 전하고 또 선화의 개인편지를 주생에게 전해주었다. 주생이 편지를 펼치니 분향이 그득하고 눈물자국이 번져서 슬퍼하고 원망하는 마음을 충분히 짐작할 수 있었다.

---

21 **왕도와 사안**: 동진東晉의 정치가들로 자신들의 진실한 성정을 잃지 않고 임금을 보필하였다.

박명한 첩 선화는 머리 감고 깨끗이 단장하여 주랑께 글을 올립니다.

저는 본래 약질의 몸으로 깊은 규방에서 자랐습니다. 늘 꽃다운 시절이 쉬이 지나가는 걸 염려하여 거울을 엎고 스스로 애석해하였습니다. 비록 사랑하고 싶은 꽃다운 마음을 품었으나 사람만 대하면 부끄러움이 치솟았습니다. 길가의 버들만 보아도 춘정春情(남녀의 연애 감정)으로 두근거렸고 나뭇가지 위의 꾀꼬리 소리만 들어도 새벽의 몽롱함이 떠올랐습니다.

어느 날 아침 고운 나비가 마음을 전하고 신선새가 길을 인도하였나 봅니다. 동쪽에 달이 뜨고 제가 뜰에 있을 때 낭군님이 담을 넘었으니 내 어찌 자신을 아끼겠습니까? 선약仙藥[22]을 찧고 빻고 하였지만 기구하게도 옥황상제가 사는 저 하늘에는 오르지 못하였지요. 거울을 반으로 나누어 혼인을 깊이 맹세하였으나 헛일이 되었습니다. 좋은 일은 오래 가기 어렵고 아름다운 약속은 쉽게 막히는 걸 어찌 생각이나 하였겠습니까? 마음은 사랑하나 몸은 슬프기만 합니다.

낭군님이 떠나고 봄은 왔으나 물고기는 깊이 숨고 기러기는 오지 않으

---

22 선약: 원문은 '玄霜'이니, 선가에서 먹는다는 불로장생의 선약이다. 〈한무제내전漢武帝內傳〉에 선가의 상약이라 하였다.

며, 비는 배꽃을 때리고 문은 황혼을 가립니다. 천 번 만 번 뒤척이고 뒤척이며 낭군님 때문에 야위어만 갑니다. 비단 장막이 텅 비어있으니 낮에는 적적하고 은촛대에 불이 꺼지니 밤은 침침하기만 하답니다. 하룻밤에 백 년의 정을 품게 되었지요. 낭군님 생각에 시들어가는 저의 볼에는 조각달만 보아도 눈물이 흐릅니다. 온 넋이 녹아 여덟 개의 날개가 있다 하여도 날 수가 없습니다. 미리 이럴 줄 알았다면 차라리 태어나지 않았을 것입니다.

오늘에야 혼인의 약속을 주셨으니 혼인날을 기다릴 수 있게 되었습니다. 그러나 홀로 근심과 걱정으로 병이 점점 깊어져 꽃 같던 얼굴은 아름다움이 사라지고 구름 같던 머릿결은 빛을 잃었습니다. 낭군님께서 보신다면 예전처럼 다시 사랑의 정이 생기지 않을 수도 있습니다.

다만 품고 있는 작은 정을 토로하지 못하고 갑자기 아침이슬처럼 사라져 구천 길을 가게 되면 저의 원한이 끝이 없을까 두렵습니다. 아침에 낭군님을 만나 저의 간절한 속정을 한 번만이라도 호소해본다면 저녁에 깊은 방에서 죽는다 하여도 원이 없겠습니다.

구름 덮인 산은 멀고멀어서 서신을 자주 보내기 어렵기에 목을 빼고 멀리 낭군님 계신 곳을 바라보니 사무치는 그리움으로 뼈는 뒤틀리고 넋은 나는 듯합니다. 호주 땅은 외진 곳이어서 풍토병이 쉽게 침입하니 힘써서 자애하시고 부디부디 몸조심하소서! 많고 많은 마음의 실타래를 감히 말로 다할 수 없지만 돌아가는 인편에 부탁하여 보냅니다.

모월 모일, 선화가 올립니다.

주생은 선화의 편지를 읽고 나니, 꿈에서 막 깨어난 것 같고 술에서 금방 깬 것 같아서 슬프기도 하고 기쁘기도 하였다. 주생이 9월을 손꼽아보니 멀기만 하여 혼인날을 앞당기고 싶어서, 새로 편지를 써 머슴 편에 다시 보내달라고 장 노인에게 간청하고, 주생 자신도 개인적으로 선화에게 답장을 썼다.

방경에게

삼생의 인연이 깊어 천리나 멀리서 편지가 와 사람을 감동시키니 어찌 그립지 않을 수 있겠습니까? 지난날 그대의 뜰에 뛰어들어 아름다운 수풀에 몸을 숨겼다가, 춘심이 발동하여 누르기 어려웠지요. 꽃 속에서 약속하고 달 아래서 인연을 맺어 외람되게도 그대의 관심을 받아 옥돌같이 굳은 맹세를 하였지요. 스스로 생각하여도 이번 생에는 그 깊은 은혜를 갚기 어려울 것 같습니다.

인간세상의 좋은 일에는 조물주의 시샘이 많아 하룻밤의 이별이 끝내 해를 넘기는 한이 될 줄 어찌 알았겠습니까? 서로 헤어져 멀리 떨어지고 산천이 겹겹이 막으니 외로이 하늘 끝을 헤매며 몇 번이나 낙망하였습니다. 기러기는 오吳나라의 구름 속에서 절규하고 원숭이는 초楚나라의 산꼭대기에서 울듯, 친척집에서 홀로 잠자리에 들고 외로운 등불 아래에서 근심 걱정만 하니 목석이 아닌 사람인지라 어찌 슬프지 않겠습니까?

오! 방경, 헤어져 상심에 잠긴 아픔을 그대는 아시겠지요. 옛사람들이

'하루만 못 봐도 삼 년이 된 것 같다'한 말로 미루어 본다면 한 달이면 구십 년이 됩니다. 만약 가을날에나 아름다운 기약이 정해진다면 인적 없는 산의 시든 풀숲에서 저를 찾는 게 차라리 나을 것입니다.

제 사랑을 다 보낼 수 없고 말은 다 할 수 없습니다. 편지지를 대하니 목이 메여 무슨 말을 더 할 수 있겠습니까!

모월 모일 아무개가 올립니다.

주생이 편지를 써놓고 보내지도 못하고 있었다. 이 때, 공교롭게도 조선이 왜적의 침략을 받아 매우 다급하게 명나라에 원병을 청했다.

황제는 조선이 지극한 정성으로 사대를 하니 불가불 구원하기로 하였다. 또 조선이 무너지면 압록강 서쪽(명나라)도 편안하지 않다는 걸 잘 알기 때문이다. 게다가 한 나라의 존망을 잇고 끊는 것은 천자天子가 된 자로서 마땅히 할 일이었다. 그리하여 특별히 제독提督 이여송李如松에게 군대를 지휘하여 왜적을 토벌하도록

명령하였다.

이 무렵 조선에 사신으로 갔던 행인사行人司의 행인行人 설번薛藩[23]
이 돌아와 아뢰었다.

> "북방 사람들은 오랑캐를 잘 방어하고 남방 사람들은 왜구를 잘 방
> 어합니다. 이번 전쟁에는 남방 병사가 아니면 어렵습니다."

설번의 말에 따라 이곳 호주와 절강의 여러 군, 현에서 급히 군사
를 징발하게 되었다. 유격장군 아무개가 평소에 주생의 이름을 알고
있어서 불러들여 서기를 맡기자, 주생이 굳이 사양하였으나 빠져나
올 수가 없었다.

조선에 이르러 안주의 백상루百祥樓[24]에 올라 칠언고시를 지었다.
그 전체는 잊어버렸지만 오직 마지막 4구를 기억하니 그 시는 다음
과 같다.

---

23 **행인사의……설번**: 행인사는 외교를 관장한 명의 관청으로 행인이라는 벼슬
　　을 두었다. 설번은 조선의 원병요청으로 1592년 9월에 명明 신종神宗의 칙명
　　을 가지고 압록강을 건너온 명의 사신이다.

24 **백상루**: 평남 안주군 안주읍에 있는 누정이다.

시름으로 와 홀로 강가 누각에 오르니	수 래 독 등 강 상 루 愁來獨登江上樓
누각 밖 청산은 몇 겹이나 되는가	루 외 청 산 다 기 허 樓外靑山多幾許
고향 그리는 나의 눈은 가릴 수 있어도	야 능 차 아 망 향 안 也能遮我望鄉眼
근심으로 온 길을 끊을 수는 없으리	불 능 격 단 수 래 로 不能隔斷愁來路

 다음해 계사년(1593) 봄, 명나라 군대가 왜적을 크게 무찌르고 경상도까지 추격하였다. 주생은 선화를 염려하다 마침내 심하게 병이 들어 남으로 종군할 수가 없어서 송도에 머물게 되었다.

 내(지은이 자신)가 마침 일이 있어 송도에 갔다가 역관[25]에서 주생을 만나게 되었지만 말이 서로 통하지 않아 글로 사정을 통하게 되었다. 주생은 내가 글을 안다고 매우 극진하게 대접하였다. 내가 주생에게 병든 까닭을 물어보니 쓸쓸한 표정을 지으며 대답이 없었다. 이날은 비 때문에 발이 묶여 등불을 밝히고 밤늦도록 주생과 이야기를 나누게 되었다. 주생은 〈답사행踏沙行(모래밭을 걷다)〉 한 곡을 지어 나에게 보여주었는데 그 가사는 아래와 같다.

---

25 **역관**: 역참으로도 불렸으며 사람과 말의 중계일을 맡아하던 관청이다.

외로운 그림자 의지할 곳 없고 隻影無憑 (척 영 무 빙)

이별의 회한은 하소연도 어렵구나 離懷難吐 (리 회 난 토)

어둑한 강 숲으로 돌아가는 기러기 이어들고 歸鴻暗暗連江樹 (귀 홍 암 암 련 강 수)

객창의 희미한 등불은 마음 설레게 하니 旅窓殘燭已驚心 (려 창 잔 촉 이 경 심)

황혼의 빗소리를 어찌 견디랴 可堪更聽黃昏雨 (가 감 경 청 황 혼 우)

신선의 뜰은 구름이 아득하고 閬苑雲迷 (랑 원 운 미)

영주[26]는 바다에 막혔으니 瀛州海阻 (영 주 해 조)

눈부신 누각의 구슬발은 어디에 있는가 玉樓珠箔今何許 (옥 루 주 박 금 하 허)

외로이 물위를 떠도는 부평초 되어 孤踪願作水上萍 (고 종 원 작 수 상 평)

하룻밤 흘러 오강으로 갔으면 一夜流向吳江去 (일 야 류 향 오 강 거)

　　나는 가사의 의미가 특별하다고 생각되어 간곡하게 물었더니 주
생이 처음부터 끝까지 이처럼 글로 써서 이야기하여 주었다. 또 주
머니에서 책 한 권을 꺼내 보여주었는데, 제목이 《화간집花間集》으

---

26 영주: 신선이 산다는 동쪽 바다 가운데에 있다는 섬이다. 앞 구절의 낭원閬苑
　　(신선의 뜰)도 곤륜산 꼭대기에 있는 신선이 산다는 곳이다. 모두 선화가 있는
　　곳을 빗대었다.

로 주생이 선화, 배도와 주고받은 백여 수의 시와, 그의 동료들이 이들 세 사람의 시에 대하여 읊은 십여 편의 시가 들어 있었다. 주생은 눈물지으며 아주 간절하게 나에게 시를 청했다. 나는 원진元稹(779~831. 당나라의 문학가)의 회진시체會眞詩體[27]를 본받아 십여 운韻과 배율排律[28]을 맞춰 지어서 그 책의 끝에 붙여 주었다. 그리고 "대장부의 근심은 공명을 이루느냐 그렇지 못하냐에 달려 있을 뿐입니다. 천하에 어찌 아름다운 부인이 없겠습니까? 하물며 이제 삼한(조선)이 안정된 뒤 천자의 군사가 돌아갈 때가 되면 동풍도 주랑과 더불어 편안할 것입니다. 교씨(부인)가 남의 집에 사로잡혀 있을까 걱정하지 마십시오."라고 위로의 말도 하였다.

다음날 일찍, 서로 절하고 헤어질 때 주생이 두 번 세 번 감사해하며 "실없는 이야기입니다. 부디 옮기지 마십시오."라고 하였다. 이때 주생은 스물일곱 살이었다. 미간이 훤하여 멀리서 보면 그림과 같았다.

계사년(1593) 한여름, 무언자無言子 여장汝章 권필權韠이 쓰다

---

27 **회진시체**: 아름다운 미인을 만나는 시를 말하며 원진의 《회진기會眞記》에 회진시 30운이 나온다.

28 **배율**: 한시의 한 형식으로 5언 또는 7언의 장시로 12구 이상으로 구성되는 율시律詩이다.

제4부

원문

Ⅰ. 최척전 崔陟傳

趙緯韓

崔陟, 字伯昇, 南原人也. 早喪母, 獨與其父淑, 居于府西門外萬福寺
之東. 自少倜儻, 喜交遊, 重然諾, 不拘齪齪小節. 其父嘗戒之曰: "汝
不學無賴, 畢竟做何等人乎? 況今國家興戎, 州縣方徵武士, 汝無以
射獵爲事, 以貽老父, 屈首受書, 從事於擧子業, 雖未得策名登第, 亦
可免負羽從軍. 城南有鄭上舍者, 余少時友也. 力學能文, 可以開導初
學, 汝往師之!"

陟卽日挾冊及門, 請業不輟. 浹數月, 詞藻日富, 沛然如決江河, 鄕人
感服其聰敏. 每講學之時, 輒有丫鬟, 年可十七八, 眉眼如畵, 髮黑如
漆, 隱伏于窓壁間, 潛聽焉.

一日上舍方食不出, 陟獨坐誦書, 忽然窓隙中, 投一小紙, 取而視之,
乃書〈摽有梅〉末章. 陟心魂飛越, 不能定情, 思欲昏夜唐突以竊而
抱, 卽而悔之, 以金台鉉之事自警, 沈吟思量, 義欲交戰. 俄見上舍出
來, 遽藏其詩於袖中, 卒業而退. 門外有一靑衣, 尾陟而來曰: "願有

所白." 陟旣見詩, 心動之, 及聞靑衣之言, 甚怪之, 頷首呼來, 引至其家, 詳聞之. 對曰: "兒是李娘子女奴春生也. 娘子使兒請郞君和詩而來矣." 陟訝曰: "爾非鄭家兒耶? 何以曰李娘子也?" 對曰: "主家本在京城崇禮門外靑坡里, 主父李景新早歿, 寡母沈氏獨與處子居焉. 處子名玉英氏, 投詩者是也. 上年避亂, 自江華乘船來, 泊于羅州會津, 及秋自會津轉來于此. 此家主人, 與兒主母家族, 待之甚厚, 將欲爲娘子求婚, 而未得其佳婿耳." 陟曰: "爾娘子以寡母之女, 何以能解文字也? 其人天得而然耶?" 曰: "娘子有兄, 曰得英氏, 甚有文章, 年十九, 未娶而夭. 娘子嘗掇拾於口耳, 故向粗其姓名耳." 陟饋酒食慰諭, 因以赫蹏報曰:

朝承玉音, 實獲我心, 卽逢靑鳥, 歡喜難勝. 每憑鏡裏之影, 難喚畫中之眞. 非不知琴心可挑, 篋香可偸, 而實未測蓬山幾重, 弱水幾里. 經營計較之際, 鬒已黃而項已枯矣. 不意今者, 陽臺之雨, 忽然入夢, 王母之書, 遽爾來報. 倘成秦, 晉之好, 以結月老之繩, 則庶遂三生之願, 不渝同穴之盟. 書不盡言, 言豈悉意. 某拜答.

玉英得書, 喜甚. 翌日, 又以春生報書曰:

妾生長簞轂之下, 粗識貞靜之行, 而不幸早失嚴父, 生丁亂離, 獨奉偏慈, 終鮮兄弟, 漂泊南土, 僑寄宗黨. 年垂及笄, 尙未移天, 常恐一朝兵戈搶攘, 盜賊橫行, 則難保珠玉之沈碎, 不無强暴之所汚. 以此老母傷心, 以我爲念. 然而猶所患者, 絲蘿所托, 必在喬木, 百年苦樂, 實由他人, 苟非其人, 豈可仰望而終身? 近觀郞君, 辭氣雍容, 擧止閑雅, 誠信之色, 藹然於面目. 若求賢夫, 捨子伊誰? 與其爲庸人之妻, 寧爲夫子之妾, 而薄命崎嶇, 恐不得當也. 昨者投詩非其爲誨淫之意也, 只欲試郞君之俯仰也. 妾雖無狀, 初非依市之徒, 寧有鑽穴之道? 必告父母, 終成委禽之禮, 則貞信自守, 敢懈擧案之敬? 投

詩先瀆, 已犯自媒之醜行, 往復私書, 又失幽閑之貞操. 今旣肝膽相
照, 不須書札浪傳. 自此以後, 必以媒妁相通, 而毋令妾重貽行露之
譏, 千萬幸甚.

陟得書喜悅, 請於其父曰: "聞有寡母自京城來寓鄭家者, 有一處子,
年貌俱妙. 大人試爲不肖求於上舍, 必不爲疾足者之先得." 父曰: "彼
以華族, 千里浮寄, 其志必欲求富, 吾家素貧, 彼必不肯." 陟反復申告
曰: "第往言之. 其成與否, 天也." 明日, 父往問之. 鄭曰: "吾有表妹,
自京潛亂, 窮來歸我. 其女姿行, 秀出閨闈, 我方求婚, 欲作門楣, 固
知令子才俊, 不負東床之望, 而所患者寒儉耳. 吾當與妹, 商議更通."
淑歸語其子, 陟惱燥數日, 苦待其報. 上舍入言于沈氏, 沈亦難之曰:
"我以盡室流離, 孤危無托, 只有一女, 欲嫁富人, 貧家子, 雖賢不願
也." 是夜, 玉英乃就其母, 口欲有言, 而囁嚅不發. 母曰: "爾有所懷,
無隱乎我也." 玉英棍然遲疑, 強而後言曰: "母親爲我擇婿, 必欲求
富, 其情則憾矣. 第惟家富而婿賢, 則何幸! 而如或家雖足食, 婿甚不
賢, 則難保其家業. 人之無良, 我以爲夫, 而雖有粟, 其得而食諸? 竊
睧崔生, 日日來學於阿叔, 忠厚誠信, 決非輕薄宕子, 得此爲配, 死無
恨矣. 況貧者, 士之常. 不義而富, 吾甚不願. 請決嫁之. 此非處子所當
自言之事, 而機關甚重, 豈嫌於處子羞澀之態, 潛黙不言, 而竟致嫁得
庸奴, 壞了一生, 則已破之甑, 難以再完; 旣染之絲, 不可復素. 啜泣何
及, 噬臍莫追. 況今兒身, 異於他人, 家無嚴父, 賊在隣境, 苟非忠信
之人, 何以仗母子之身乎? 寧從顔氏之請嫁, 不避徐妹之自擇, 豈可隱
匿深房, 但望人口而置於相忘之地乎?" 其母不得已, 明日告諸鄭曰:
"我夜者更思之, 崔郞雖貧, 我顧其人, 自是佳士. 貧富在天, 難可力
致. 與其圖婚於所不知之何人, 寧欲得此爲婿." 鄭曰: "阿妹欲之, 我
必勸成. 崔雖寒士, 其人如玉, 求之京洛, 鮮有此輩. 若志遂業成, 終
非池中物也." 卽日送媒定約, 乃以九月望, 爲行醮禮. 陟大喜, 屈指計

日而待.

居無何, 府人前叅奉邊士貞, 起義兵赴嶺南, 以陟有弓馬才, 遂與同行. 陟在陣中, 憂念成疾. 及其約婚之日, 呈狀乞暇, 則義將怒曰: "此何等時, 而敢求婚娶乎? 君父蒙塵, 越在草莽, 臣子當枕戈之不暇, 而況汝未及有室之年, 滅賊而圖婚, 亦未晚也." 竟不許. 玉英亦以崔生從軍不返, 虛度約日, 減食不寐, 日漸愁惱.

隣有梁姓者, 家甚殷富, 聞其玉英之賢哲與其崔生之不來, 乘間求婚, 潛以貨賂啗諸鄭妻, 逐日董成, 鄭妻言於沈氏曰: "崔生貧困, 朝不謀夕, 一父難養, 常貸於人, 將何以畜家累, 以保無患? 況從軍未返, 生死難期. 而梁氏殷富, 素稱多財, 其子之賢, 不下於崔." 夫妻合辭, 交口薦之, 沈意頗感, 約以十月涓吉, 牢不可破.

玉英夜訴其母曰: "崔從義陣, 行止係於主將, 非故負約. 不俟其言而輕自破約, 不義孰甚? 若奪兒志, 死而靡他. 母也天只, 不諒人只." 母曰: "汝何執迷如此? 當從家長之處分爾. 兒女何知?" 就寢而睡. 夜深夢間忽聞喘息汨汨之聲, 覺而撫其女, 不在焉. 驚起索之, 玉英乃於窓壁下, 以手巾結項而伏. 手足皆冷, 喉嚨間汨汨之聲, 漸微且絶. 驚呼解結, 蹴春生點火而來, 抱持痛哭, 以勺水入口, 少頃而甦. 主家亦驚動來救. 自後絶不言梁家之事.

崔淑以書抵其子, 具道所以. 陟方患病篤, 聞此驚感, 轉成危革. 義將聞之, 卽令出送. 還家數日, 沈痾忽痊, 遂以仲冬初吉, 合巹于鄭上舍家. 兩美相合, 喜可知也. 陟載妻與沈氏, 歸于其家, 入門而僕隷懽悅, 上堂而親戚稱賀. 慶溢一家, 譽洽四隣. 攝衽抱機, 躬親井臼, 養舅事夫, 誠孝甚至, 奉上御下, 情禮俱稱, 遠近聞之, 皆以爲梁鴻之妻, 鮑宣之婦, 殆不能過也. 陟娶婦之後, 所求如意, 家業稍足, 而常患繼嗣之尙遲, 每以月朔, 夫妻往禱於萬福寺. 明年甲午元月, 又往禱之. 其夜,丈六金身見於玉英之夢, 曰: "我萬福寺之佛也, 我嘉爾誠, 錫以奇男子, 生必有異相." 及期而果生男子, 背上有赤痣, 如小兒掌. 遂名曰'夢釋'.

陟素善吹簫, 每月夕花朝, 相對而吹. 時當暮春, 淸夜將半, 微風乍動, 素月揚輝, 飛花撲衣, 暗香侵鼻. 開缸漉酒, 引滿而飮, 據案三弄, 餘音嫋嫋. 玉英沈吟良久曰: "妾素惡婦人之吟詩者, 而到此情境, 不能自已." 遂詠一絶曰:

　　王子吹簫月欲低, 碧天如海露凄凄.
　　會須共御靑鸞去, 蓬島煙霞路不迷.

陟初不知其詞藻之如此, 聞詩大驚, 一唱三歎, 卽以一絶和之曰:

　　瑤臺縹緲曉雲紅, 吹徹鸞簫曲未終.
　　餘響滿空山月落, 一庭花影動香風.

吟罷, 玉英歡意未央, 興盡悲來, 涕泣悄然而謂曰: "人間多故, 好事有魔, 百年之內, 離合難常, 以此忽忽, 不能貿感." 陟引袖拭涕, 慰解而言曰: "屈伸盈虛, 天道之常理; 吉凶悔吝, 人事之當然. 設或不幸, 當付諸數, 豈可居易浪自爲悲? 無憂而戚, 古人所戒, 言吉無言凶, 諺亦有之. 不須憂惱以阻歡意." 自此情愛尤篤, 夫婦自謂知音, 未嘗一日相離也.

至丁酉八月, 賊陷南原, 人皆逃竄. 陟之一家避于智異山燕谷. 陟令玉英着男服, 雜錯於廣衆之中, 見之者皆不知其爲女子也. 入山累日, 糧盡將饑, 陟與丁壯數三, 出山求食, 且覘賊勢. 行到求禮, 猝遇賊兵, 潛身於巖藪而避之. 是日, 賊入燕谷, 彌山遍谷, 搶掠無遺, 而陟路梗不得進退. 過三日, 賊退後, 還入燕谷, 則但見積屍遍橫, 流血成川.

林莽間, 隱隱有號咷之聲, 陟就訪之, 老弱數輩瘡痍遍身, 見陟而哭曰: "賊兵入山三日, 奪掠財貨, 芟刈人民, 盡驅子女, 昨已退屯蟾江. 欲求一家, 問諸水濱." 陟號天痛哭, 擗地嘔血, 卽走蟾江. 未行數里, 得見於亂屍中, 呻吟斷續, 若存若無, 而流血被面, 不知其爲何人也. 察其衣裳, 甚似春生之所着. 大聲呼之曰: "爾無是春生乎?" 春生張目視之, 喉中作語曰: "郎君郎君! 主家皆爲賊兵所掠而去, 吾負阿釋, 不能趨走, 賊引兵斫殺而去. 吾僵地卽死, 半日而甦, 不知背上之兒生死去留." 言訖而氣盡, 不復生矣. 陟搥胸頓足, 悶絶而仆. 旣已復生, 無可奈何, 起向蟾江, 則岸上有創殘老弱數十相聚而哭. 往問之, 則曰: "俺等隱於山中, 爲賊所驅, 及船賊抽丁壯同載, 推下罷鋒老羸者如此." 陟大慟, 無意獨全, 將欲自裁, 被傍人求止, 瑀瑀江頭去無所之. 還尋歸路, 三晝夜, 僅達其家. 頹垣破瓦, 餘燼未息, 積骸成丘, 無地着足.

遂憩于金橋之側, 不食累日, 奔走力盡, 昏倒不起. 忽有唐將率十餘騎, 自城中出來, 洗馬於金橋之下. 陟在義陣時, 與天兵應接酬酢之久, 稍解華語. 因道其全家之見敗, 且訴一身之無托, 欲與同入天朝, 以爲長住之計. 唐將聞而惻然, 且憐其志, 曰: "吾是吳總兵之千總余有文也. 家在浙江姚興府, 雖貧, 足以自食. 人生貴於知心, 遊息適意, 無論遠近, 爾旣無家累之戀, 何必塊守一方, 蹞蹞靡所騁乎?" 遂以一馬, 載歸于陣. 陟容貌俊爽, 計慮深遠, 便於弓馬, 閑於文字. 余公愛之, 共床而食, 同衾而寢. 未幾, 摠兵撤歸, 以陟隸戰亡軍簿而過關, 至姚興居焉.

初, 陟家被擄至江, 賊以陟之父與姑老病, 不甚看護. 二人伺賊怠, 潛逸于蘆中. 賊去, 行乞村閭, 轉入燕谷寺, 聞僧房有孩兒啼哭之聲. 沈氏泣謂崔淑曰: "是何兒之聲一似吾兒也?" 淑遽推戶視之, 果夢釋也.

遂取置懷中撫哭, 移時因問, "此兒何處得來?" 僧有慧正者, 進曰: "吾
於路傍屍中, 聞啼聲, 惄然收來, 以待其父母. 今果是也, 豈非天耶!"
淑旣得孫兒, 與沈氏遞負而歸, 收集奴僕, 經紀家事.

時, 玉英則見執於倭奴頓于. 頓于, 老倭卒, 不殺生, 慈悲念佛, 以商販
爲業, 習御舟揖, 倭將行長, 以爲船主而來. 頓于愛玉英機驚, 惟恐見
逋, 給以善衣美食, 慰安其心. 玉英欲投水溺死, 再三出船, 輒有所覺
而止. 一夕, 丈六金佛夢玉英而告曰: "我萬福寺佛也. 愼無死, 後必有
喜." 玉英覺而診其夢, 不能無萬一之冀, 遂强食不死. 頓于家在狼姑
射, 妻老女幼, 無他子男, 使玉英居家, 不得出入. 玉英謬曰: "我本藐
少男子, 弱骨多病. 在本國不能服役丁壯之事, 只以裁縫炊飯爲業, 餘
事固不能也." 頓于尤憐之, 名之曰 '沙于', 每乘舟行販, 以火長置舟
中, 往來于閩, 浙之間.

是時, 陟在姚興, 與余公結爲兄弟. 欲以其妹妻之, 陟固辭曰: "我以
全家陷賊, 老父弱妻, 至今未知生死, 終不得發喪服衰. 豈晏然婚娶
以爲自逸之計乎?" 余公遂義以止之. 其冬, 余公病死. 陟尤無所歸,
落拓江, 淮, 周遊名勝: 窺龍門, 探禹穴, 窮沅, 湘, 航洞庭, 上岳陽, 登
姑蘇. 嘯咏於湖山之上, 婆娑於雲水之間, 有飄飄遺世之志. 聞海蟾
道士王用, 隱居靑城山, 燒金煉丹, 有白日飛昇之術, 將欲入蜀而學
焉. 適有宋佑者, 號鶴川, 家在杭州湧金門內, 博通經史, 不屑功名, 以
著書爲業, 喜施與, 有義氣, 與陟許以知己. 聞其入蜀, 載酒而來, 飮
至半酣, 字陟而謂曰: "白昇, 人生斯世, 孰不欲長生而久視? 古今天
下, 寧有是理? 餘生幾何, 而何乃服食忍飢, 自苦如此, 而與山鬼爲隣
乎? 子須從我而歸, 浮扁舟, 適吳, 越, 販繒賣茶, 以娛餘年, 不亦達人
之事乎?" 陟洒然而悟, 遂與同歸.

歲庚子春, 陟隨佑, 與同里商舶, 往賈於安南. 時有日本十餘艘亦泊

于浦口. 留十餘日, 固値四月旁死魄, 天無寸雲, 水光如練, 風息波恬,
聲沈影絶. 舟人寂睡, 渚禽時鳴, 但聞日本船中念佛之聲, 聲甚凄惋.
陟獨倚蓬窓, 感念身世, 卽出裝中洞簫, 吹界面調一曲, 以舒胸中哀
怨之氣. 時海天慘色, 雲烟變態, 舟中驚起, 莫不愀然. 日本船念佛之
聲, 闃然而止, 旋以朝鮮音詠七言絶句曰:

王子吹簫月欲低, 碧天如海露凄凄.
會須共御靑鸞去, 蓬島烟霞路不迷.

吟罷, 有噓唏唧唧之聲. 陟聞是聲驚動, 怊悵如失, 不覺擲簫, 嗒然如
死人形. 鶴川曰: "何爲其然耶?" 再問, 再不答. 三問之, 陟欲語哽塞,
淚簌簌下, 移時定氣而後言曰: "此詩乃吾荊布所自製也. 平日絶無他
人聞知者, 且其聲音酷似吾妻, 豈其來在彼船耶? 此必無之事也." 因
述其陷賊事甚悉, 一舟之人, 感驚怪之. 座有杜洪者, 年少勇敢士也.
聞陟之言, 義形於色, 以手擊楫, 奮然而起曰: "吾欲往探之." 鶴川止
之曰: "深夜作亂, 恐致生變, 不如朝日從容處之." 左右皆曰: "然." 陟
坐而待朝. 東方乍明矣, 卽下岸至日本船. 陟以鮮語問之曰: "夜聞詠
詩者必是朝鮮人也. 吾亦朝鮮人, 倘一得見, 則奚啻越之流人見人之
相似者而有喜者也?" 玉英夜於船中聞其簫聲, 乃是朝鮮之曲調, 而
一似疇昔慣聆之調, 竊疑其夫之或來于其船, 試詠其詩而探之. 及聞
此言, 惶忙失措, 顚倒下船. 二人相見, 驚呼抱持, 宛轉沙中, 聲絶氣
塞, 口不能言, 淚盡繼血, 目無所覩. 兩國船人聚觀如堵, 初不知其親
戚歟交遊歟. 久然後, 聞知其爲夫婦也. 人人咋咋, 相顧而言曰: "異
哉異哉! 此其天祐神助, 古未嘗有也." 陟聞父母消息於玉英, 玉英曰
"自山驅至江上, 父母姑無恙, 日暮上船, 蒼黃相失." 二人相對痛哭,
聞者莫不酸鼻. 鶴川請於頓于, 欲以白金三錠買歸. 頓于怫然曰: "我
得此人, 四年于玆, 愛其端愨, 視同己出. 寢食未嘗少離, 而終不知其

是婦人也. 今而目覩此事, 天也鬼神猶且感動, 我雖頑蠢, 異於木石, 何忍貨此而爲食乎?” 便於橐中出十兩銀, 贐之曰: “同居四載, 一朝而別, 悵惘之懷, 雖切於中, 而重逢配耦於萬死之餘, 此人世所無之事. 我若隘之, 天必殛之. 好去沙于! 珍重珍重!” 玉英擧手謝曰: “賴主翁保護, 得不死, 卒遇良人, 受惠多矣. 矧此嘉貺, 何以報塞?” 陟亦再三稱謝, 携玉英歸于其船. 隣船之來觀者, 連日不絶, 或以金銀綵繒相遺, 以爲賀餕, 陟皆受而謝之. 鶴川還家, 別掃一室, 舘陟夫妻, 使之安頓.

陟旣得妻, 庶有安樂之心, 而遠托異國, 四顧無親, 係念老父稚子, 日夜傷心, 黙禱生還而已. 居一歲, 又生一子, 産兒之前夕, 丈六佛又見于夢曰: “兒生亦有背痣.” 夫妻或以爲夢釋再來, 遂名之曰 ‘夢仙’. 夢仙旣長, 父母欲求賢婦, 隣有陳家女, 名曰 ‘紅桃’, 生未晬, 其父偉慶隨劉摠兵東征. 不及長, 而其母繼歿. 紅桃養於其姨家, 常痛其父歿於異域, 而生不知其面目也. 願一至父死之國復哭而來, 耿耿寃恨, 銘于心腑, 身爲女子, 計不知所出. 及聞夢仙求婦, 議於其姨曰: “願得爲崔家婦, 而冀一至於東國也.” 其姨素知其志, 卽詣陟, 語其故, 陟與其妻歎曰: “女而如是, 其志嘉.” 遂取而爲婦.

明年己未, 奴酋入寇遼陽, 連陷數鎭, 多殺將卒. 天子震怒, 動天下之兵以討之. 蘇州人吳世英, 喬遊擊之千摠也. 曾因有文, 素知崔陟才勇, 引而爲書記, 俱詣軍中. 將行, 玉英執手涕泣而訣曰: “妾身險釁, 早罹憫凶, 千辛萬苦, 十生九死. 賴天之靈, 邂逅郎君, 斷絃再續, 分鏡重圓, 旣結已絶之緣. 幸得托祀之兒, 合歡同居, 二紀于玆, 顧念疇昔, 死亦足矣. 常欲身先溘然以答郎君之恩, 不意垂老之年又作參商之別. 此去遼陽數萬里, 生還未易, 後會何期? 願以不貨之身, 自裁於離席之下, 一以斷君閨房之戀, 一以免妾夜朝之苦. 去矣, 郎君! 千萬永訣! 千萬永訣!"言訖痛哭, 抽刀擬頸. 陟奪刀慰諭曰: "蕞爾小酋, 敢拒螳臂. 王師濯征, 勢同壓卵, 從軍往來, 只費時日之勤苦, 無如是妄生煩惱. 待吾成功而還, 置酒相慶可也. 況仙兒壯健, 足以爲倚. 努力加飱, 勿貽行路之憂也."遂趣裝而行.

至於遼陽, 涉胡地數百里, 與朝鮮軍馬, 連營于牛毛寨. 主將輕敵, 全師敗衄. 奴酋殺天兵無遺類, 誘脅朝鮮, 無數殺傷. 喬遊擊領敗卒十餘人, 投入鮮營, 乞着鮮衣. 元帥姜弘立給其餘衣, 將免死焉. 從事官李民寏懼其見忤於奴酋, 還奪其服, 執送賊陣. 而陟本鮮人, 遑亂之中, 匿編行間, 獨漏免殺. 及弘立輩納降, 陟與本國將士, 就擒於虜庭.

是時, 夢釋亦自南原, 以武學赴西役, 在元帥陣中. 奴酋分置降卒之時, 陟實與夢釋同囚於一處, 父子相對, 莫知其爲誰謀也. 夢釋疑其陟之言語硬澁, 意謂天兵之解鮮語者, 懼其見殺, 冒以爲鮮人也, 詰其居住. 陟亦疑其胡人之詗得實狀也, 權辭詭說, 或稱全羅, 或稱忠清. 夢釋心怪而不測. 已過數日, 情誼甚親, 同病相憐, 少無猜訝. 陟吐實歷陳平生, 夢釋色動心驚, 且信且疑, 卒然問其所亡之兒年歲多少, 身體貌樣. 陟曰: "生於甲午十月, 亡於丁酉八月, 背上有赤痣, 如小兒掌."夢釋失聲驚倒, 袒而示背曰: "兒實大人之遺體也."陟始認其爲己子也. 因各問其父母俱存, 相持而泣, 累日不止. 主家老胡, 頻頻來視, 若有解聽其語, 而有矜憫色者焉. 一日, 群胡皆出, 老胡潛來陟所, 同席而坐, 作鮮語而問曰: "汝輩哭泣, 大異於初, 豈有別事耶? 願聞之."陟等恐生變, 不直說. 老胡曰: "無怖! 我亦朔州士兵也. 以府使侵虐無厭, 不勝其苦, 舉家入胡, 已經十年. 胡人性直, 且無苛政. 人生如朝露, 何必局束於捶楚鄕乎? 奴酋使我領八十精兵, 管押本國人, 以備逃逋. 今聞爾輩之言, 大是異事, 我雖得責於奴酋, 安得忍心而不送乎?"明日, 備給餱糧, 使其子指送間路.

於是陟率其子, 生還故國於二十年之後. 急於省父, 兼程南下, 適患背疽, 不遑調治. 行到恩津, 腫勢轉劇, 委頓旅次, 喘喘將死. 夢釋奔遑憂悶, 鍼藥難求. 適有華人逃匿者, 自湖右向嶺左, 見陟而驚曰: "危哉! 若過今日, 不可救也." 拔其囊中鍼, 決其癰, 卽日而愈. 纔經二日, 扶杖而還家. 渾舍驚痛, 如見死人, 父子相抱, 嗚嗚竟晷, 似夢非眞也.

沈氏一自失女之後, 喪心如癡, 只依夢釋, 而釋又戰歿, 沈綿床席, 不起者累月. 及見夢釋與父偕來, 且聞玉英之生存, 狂呼顚倒, 全不省其悲與喜也. 夢釋感華人之活其父死命, 與之偕來, 思有以重報之. 陟問: "爾是天朝人, 家在何處, 姓名云何?" 答曰: "我姓陳, 名偉慶. 家在於杭州湧金門內. 萬曆二十五年, 從軍于劉提督, 來陣于順天. 一日, 以偵探賊勢, 忤主將旨, 將用軍法, 夜半潛逃, 仍留至此." 陟聞言大驚曰: "爾家有父母妻子乎?" 曰: "家有一妻, 來時産得一女, 纔數月矣." 陟又問: "女名云何?" 曰: "兒生之日, 適有隣人饋以桃實, 因名曰紅桃." 陟遽執偉慶手曰: "怪了怪了! 吾在杭州, 與爾家作隣而住. 爾妻妾辛亥九月病死, 獨紅桃見養於其姨吳鳳林家. 我聚以爲兒子婦, 不圖今日値爾於此." 偉慶驚痛, 嚘喑不怡者良久, 旣而歎曰: "唉! 吾托於大邱地朴姓人家, 得一老婆, 以鍼術糊口. 今聞子言, 如在鄕里, 吾欲移來于此地." 夢釋曰: "公非但有活父之恩, 吾母及弟托在於令女, 旣爲一家之人, 有何難事?" 卽令移來. 夢釋自聞其母之生存, 日夜腐心, 將有入天朝將母之計, 而無以自達, 徒號泣而已.

當是時, 玉英在杭州, 聞官軍陷沒, 以爲陟橫死戰場無疑也. 晝夜哭不絶聲, 期於必死, 水漿不入於口. 忽於一夕, 夢見丈六佛. 撫頂而言曰: "愼無死! 後必有喜." 覺而語夢仙曰: "吾於被擄之日, 投水欲死, 而南原萬福寺丈六金佛, 夢余而言曰: '愼無死, 後必有喜.' 後四年, 得見爾父於安南海中. 今吾欲死, 而又夢如是, 汝父豈或免於鋒鏑歟?

汝父若存, 吾死猶生, 顧何恨焉?" 夢仙哭曰: "近聞奴酋, 盡殺天兵,
而鮮人皆脫云. 父親本自鮮人, 獲生必矣. 金佛之夢, 豈虛應哉? 願母
親須臾無死, 以待父親之來也." 玉英幡然曰: "奴酋窟穴, 距朝鮮地
界, 纔四五日程. 汝父雖生, 其勢必走本國, 安能冒涉萬里程, 來尋妻
孥哉? 我當往求於本國. 苟死矣, 親往昌州境上, 招得旅魂, 葬於先壟
之側, 使免長餒於沙漠之外, 則吾責塞矣. 況越鳥巢南, 胡馬倚北, 今
且死日將迫, 尤不堪首丘之戀. 獨舅偏母及弱孩俱失於陷賊之日, 其
生其死, 雖莫聞知, 頃因日本賈人聞之, 則鮮人被擄者, 連續出送云.
斯言果信, 亦豈無一人之生還乎? 汝父汝祖, 雖皆暴骨於異域, 而先
祖丘墓, 誰復看護? 內外親屬, 亦豈盡歿亂離? 苟得相見, 是亦一幸.
汝其雇船舂糧! 此去朝鮮, 水路僅二三千里. 天地顧佑, 倘得便風, 未
滿旬朔, 當到彼岸. 吾計決矣!" 夢仙泣訴曰: "母親何爲出此言也? 若
能得達, 豈非大善? 而萬里滄波, 非一葦可航之地. 風濤蛟鰐, 爲禍不
測, 海寇邏船, 到處生梗, 母子俱葬魚腹, 何益於死父乎? 子雖愚駭,
當此大事, 非敢推托之說也." 紅桃在傍, 謂夢仙曰: "無阻無阻! 親
計自熟, 外患不暇論也. 雖在平地, 水火盜賊, 其可免乎?" 玉英又曰:
"水路艱難, 我多備嘗. 昔在日本, 以舟爲家, 春商閩, 廣, 秋販琉球,
出沒於鯨波駭浪之中, 占星候潮, 涉歷已慣. 風濤險易, 我自當之, 舟
楫安危, 我自御之. 卽有不幸之患, 豈無方便之道?" 卽裁縫鮮, 倭兩
國服色, 日令子婦敎習兩國語音. 因戒夢仙曰: "船行專依於檣楫, 必
須堅緻, 而尤不可無者乃指南石也. 卜日開船, 無違我志." 夢仙悶默
而退, 私責紅桃曰: "母親出萬死不顧一生之計, 冒危而行. 死父已矣,
置母於何地? 而汝且贊成, 何不思之甚也!" 紅桃答曰: "母親以至誠出
此大計, 固不可以言語爭也. 今若止之以其所必不止, 慮有難追之悔,
不如順適之爲愈也. 妾之私情, 遑恤言乎? 生纔數月, 慈父戰歿, 骨暴
殊方, 魂纏野草. 擧顔宇宙, 何以爲人? 近聞道路之言, 則戰敗之卒,

或有遺脫而留落於本國者尚多云. 人子之情, 不能無徼倖. 若以郎君
之力, 得抵東土, 彷徨於蟲沙之場, 小洩其終天之寃, 則朝以入夕以
死, 實所甘心." 因嗚咽, 泣數行下. 夢仙知母妻之志不可撓奪, 結束治
行, 以庚申二月朔發船.

玉英謂夢仙曰: "朝鮮當在東南, 必待西北風. 汝堅坐執櫓, 聽吾指
揮." 遂懸羽於旗竿, 置指南石於前頭, 點檢舟中, 無一不具. 俄而河豚
出戲, 旗羽指巽累然. 三人齊力擧帆, 疾馳橫截, 無分昏晝, 劈箭入浪,
飛雷攘海, 一瞬登, 萊, 半餉靑, 齊, 蒼茫島嶼, 轉眄已失. 一日, 遇天
朝邏船, 來問曰: "何處船, 向何方?" 玉英應聲曰: "杭州人, 將往山東
賣茶耳." 卽過去. 又過一日, 有倭船來泊. 玉英卽變着日本衣服而待
之. 倭人問: "從下來?" 玉英作倭語曰: "以漁採入海, 爲風所飄, 盡棄
舟楫, 雇得杭州船而來矣." 倭曰: "良苦! 此路去日本差枉, 向南方而
去!" 亦別去. 是夕, 南風甚惡, 波濤接天, 雲霧四塞, 咫尺不辨, 檣摧帆
裂, 不知所届. 夢仙與紅桃, 惶怖匍伏, 困於水疾. 玉英獨坐, 祝天念
佛而已.

夜半, 風浪少息, 轉泊小島. 修葺船, 且留數日不發. 渺茫洋中, 有船看
看漸近, 令夢仙取船中裝, 藏棄于巖頭. 俄而其船人叫噪而下, 語音衣
服俱非鮮, 倭, 略與華人相似, 手無兵器, 惟以白梃毆打, 索其貨物. 玉
英以華語對曰: "我以天朝人, 漁採于海, 漂泊於此, 本無貨物." 涕泣
求生, 卽不殺. 只取玉英所乘船, 繫其船尾而去. 玉英曰: "此必是海浪
賊也. 吾聞海浪賊, 在華, 鮮之間, 出沒搶掠, 不喜殺人, 此必是也. 我
不聽兒言而强作此行, 昊天不弔, 終致狼狽. 旣失船楫, 夫何爲哉? 接
天溟海, 不可飛越, 枯槎難信, 竹葉無憑. 但有一死, 吾死晚矣. 可憐
吾兒, 因我而死." 卽與子婦相扶哀號, 聲震岩崖, 恨結層波, 海若瑟
縮, 山鬼嚬呻. 玉英登臨絶崖, 將欲投身, 子婦共挽, 不得自投. 顧謂

夢仙曰: "爾止吾死, 將欲何俟. 橐中餘糧, 僅支三日, 坐待食盡, 不死何爲?" 夢仙對曰: "糧盡而死, 亦未晩也. 其間萬一有可圖之路, 則悔無及矣." 遂扶下來, 夜伏于岩穴. 天且曉矣, 玉英謂子婦曰: "我氣困神疲, 彷彿之間丈六佛又見, 其言云云, 極可異也." 三人相對, 念佛而祝曰: "世尊世尊! 其念我哉! 其念我哉!" 過二日, 忽見風帆自杳茫中出來. 夢仙驚告曰: "此船曾前未覩之船, 甚可憂也." 玉英見而喜曰: "我生矣! 此是朝鮮船也." 乃着鮮衣, 使夢仙登崖, 以衣揮之. 船人停帆而問曰: "汝是何人, 住此絶島?" 玉英以朝鮮語應曰: "我本京城士族. 將下羅州, 猝遇風波, 舟覆人死, 獨吾三人, 攀抱颺席, 漂轉至此, 姑延殘喘耳." 船人聞而憐之, 下碇載去, 曰: "此乃統制使之貿販船也. 官程有限, 不可迤往." 至順天, 泊岸而下. 時, 庚申四月也.

玉英率子婦, 間關跋涉五六日, 方到南原. 意爲一家皆爲陷歿, 但欲求見夫家舊基, 尋萬福寺而去. 至金橋望見, 城郭宛然, 村閭依舊. 顧謂夢仙, 指點而泣曰: "此是汝父弊廬, 今不知誰人入居. 第往寄宿, 以圖後計." 到其門, 門外見陟方對客, 坐於柳樹之下. 近前熟視, 乃是其夫也. 母子一時號哭, 陟始知其妻與子, 一聲大號曰: "夢釋之母來矣! 此天也人也? 神也夢也?" 夢釋聞此, 跣足顚倒而出. 母子相逢, 景光可知. 相扶入室, 沈氏於沈痼之中, 聞其女來, 驚仆氣塞, 已無色人. 玉英抱救得蘇, 久而獲安. 陟呼偉慶曰: "令女亦至矣!" 命紅桃語其事. 一家之人, 各抱子女, 生死重逢, 驚號相哭. 古今天下, 復豈有如此神異絶奇之事也! 聲動四隣, 觀者如堵, 且怪且異. 及聞玉英, 紅桃終始之事, 莫不擊節歎嗟, 爭相傳說.

玉英爲陟曰: "吾等之得有今日, 寔賴丈六佛之陰隲, 而今聞金像亦皆毀滅, 無所憑禱, 而神靈之在天, 容有不泯者存. 吾等豈不知所以報乎?" 乃供具詣廢寺, 潔齊修享.

陟與玉英, 上奉父母, 下育子女, 居于府西舊家.

噫! 父母夫妻兄弟舅姑, 分離四國, 悵望三紀. 經營賊所, 出沒死
地, 畢竟圖會, 無一令落. 此豈人力之所致? 皇天后土必感於至誠,
而能致此奇異之事也. 匹婦有誠, 天且不違, 誠之不可掩, 如是夫!
余流寓南原之周浦, 陟時來訪余, 道其事如此, 請記其顚末, 無使
湮沒. 不獲已, 略擧其槪.

　　　　　　　　　　　天啓元年辛酉閏二月日, 素翁題.

Ⅱ. 주생전 周生傳

權韠

周生名繪, 字直卿, 號梅川. 世居錢塘, 父爲蜀州別駕, 仍家于蜀. 生少時, 聰銳能詩, 年十八, 爲太學生, 爲儕輩所推仰, 生亦自負不淺. 在太學數年, 連擧不第. 乃喟然嘆曰: "人生世間, 如微塵棲弱草耳. 胡乃爲名韁所繫, 汨汨塵土中, 以送吾生乎?" 自是, 遂絶意科擧之業. 倒篋, 中有錢百千, 以其半買舟, 來往江湖間, 以其半市雜貨, 時取贏以自給, 朝吳暮楚, 維意所適.

一日, 繫舟岳陽城外, 步入城中, 訪所善羅生. 羅生亦俊逸士也. 見生甚喜, 買酒相歡, 頗不覺沈醉. 比及還舟, 則日已昏黑. 俄而月上, 生放舟中流, 倚棹困睡, 舟自爲風力所送, 其往如箭. 及覺, 則鍾鳴煙寺而月在西矣. 但見兩岸, 碧樹葱蘢, 曉色蒼芒. 樹陰中時, 有紗籠銀燈隱映於朱欄翠箔之間. 問之, 乃錢塘也. 口占一絶曰:

岳陽城外倚蘭槳, 半夜風吹入醉鄉.
杜宇數聲春月曉, 忽驚身已在錢塘.

及朝, 登岸訪古里親舊, 半已凋喪. 生吟嘯徘徊不忍去也. 有妓裴桃者, 生少時所與同戲嬉者也. 以才色獨步於錢塘, 人號之爲裴娘. 引生歸家, 相對甚歡. 生贈詩曰:

　天涯芳草幾沾衣, 萬里歸來事事非.
　依舊杜秋聲價在, 小樓珠箔捲斜暉.

裴桃大驚曰: "郎君爲才如此, 非久屈於人者, 一何泛梗飄蓬若此哉?" 仍問: "娶未?" 生曰: "未也." 桃笑曰: "願郎君不必還舟, 只可留在妾家. 妾當爲君求得一佳耦." 蓋桃意屬生也. 生亦見桃姿妍態濃, 心中甚醉, 笑而謝之曰: "不敢望也." 團欒之中, 日已晩矣. 桃令小叉鬟, 引生就別室. 生見壁間有絶句一首, 詞意甚新. 問於叉鬟, 叉鬟答曰: "主娘所作也." 詩曰:

　琵琶莫奏相思曲, 曲到高時更斷魂.
　花影滿簾人寂寂, 春來鎖却幾黃昏.

生旣悅其色, 又見此詩, 情迷意惑, 萬念俱灰, 心欲次韻, 以試桃意. 而凝思苦吟, 竟莫能成, 而夜又深矣. 但見月色滿地, 花影扶疎. 徘徊間, 忽聞門外人語馬聲, 良久乃止. 生頗疑之, 未覺其由. 見桃所在室甚不遠, 紗窓裏絳燭煢煌. 生潛往窺見, 桃獨座, 舒彩雲牋, 草'蝶戀花'詞, 只就前疊, 未就後疊. 生忽啓窓曰: "主人之詞, 客可足乎?" 裴佯怒曰: "狂客胡乃至此乎?" 生曰: "客本不狂, 主人使客狂耳." 桃方微笑, 令生足成其詞. 詞曰:

　小院深深春意鬧, 月在花技, 寶鴨香烟裊.
　窓裏玉人愁欲老, 搖搖斷夢迷花草.
　誤入蓬萊十二島, 誰識樊川, 却得尋芳草?

睡起忽聞枝上鳥, 綠簾無影朱欄曉.

詞罷, 桃自起, 以藥玉船酌瑞霞酒勸生. 生意不在酒, 固辭不飲. 桃知生意, 乃悽然自敍曰: "妾之先世乃豪族也. 祖某提擧泉州市舶司, 因有罪廢爲庶人. 自此子孫貧困, 不能振起. 妾早失父母, 見養于人, 以至于今. 雖欲守貞自潔, 名已載於妓籍, 不得已强與人爲宴樂. 每居閑處獨, 未嘗不看花掩淚, 對月銷魂. 今見郎君, 風儀秀朗, 才思俊逸. 妾雖陋質, 願一薦枕席, 永奉巾櫛. 望郎君他日立身, 早登要路, 拔妾於妓籍之中, 使不忝先人之名, 則賤妾之願畢矣. 後雖棄妾, 終身不見, 感恩不暇, 其敢怨乎?" 言訖, 淚下如雨. 生大感其言, 就抱其腰, 引袖拭淚曰: "此男子分內事耳. 汝縱不言, 我豈無情者哉?" 桃收淚改容曰: "《詩》不云乎? '女也不爽, 士貳其行.' 郎君不見李益, 霍小玉之事乎? 郎君若不我遐棄, 願立盟辭." 乃出魯縞一尺授生, 生卽揮筆書之, 曰: "靑山不老, 綠水長存, 子不我信, 明月在天." 寫畢, 桃心封血緘, 藏之裙帶中.

是夜, 賦〈高唐〉, 二人相得之好, 雖金生之於翠翠, 魏郎之於娉娉, 未之喩也. 明日, 生方詰夜來人語馬聲之故. 桃曰: "此去里許有朱門面水者, 乃故丞相盧某宅也. 丞相已死, 夫人獨居, 只有一男一女, 皆未婚嫁, 日以歌舞爲事. 昨夜遣騎邀妾, 妾以郎君之故, 辭以疾也." 自此生爲桃所惑, 謝絶人事, 日與桃調琴漉酒, 相與戲謔而已.

一日近午, 忽聞有人叩門, 云: "裵娘在否?" 桃令兒出應, 乃丞相家蒼頭也. 致夫人之辭曰: "老婦今欲設小酌, 非娘莫可與娛. 故敢送鞍馬, 勿以爲勞也." 桃顧謂生曰: "再辱貴人命, 其不敢承." 卽粧梳改服而出. 生付囑曰: "幸莫經夜!" 送之出門, 言莫經夜者三四.

桃上馬而去, 人如輕燕, 馬若飛龍, 迷花映柳, 冉冉而去. 生不能定情,便隨後趍去, 出湧金門, 左轉而至垂虹橋, 果見甲第連雲, 眞所謂朱門面水者也. 雕欄曲檻, 半隱於綠楊紅杏之間, 鳳笙龍管之聲, 漂渺然如在半空中. 時時榮止, 則笑語琅琅然出諸外. 生彷徨橋上, 乃作古風一篇, 題于柱曰:

　柳外平湖湖上樓, 朱薨碧瓦照靑春.
　香風吹送笑語聲, 隔花不見樓中人.
　却羨花間雙燕子, 任情飛入朱簾裏.
　徘徊未忍踏歸路, 落照纖波添客思.

彷徨間, 漸見夕陽欲紅, 暝靄凝碧. 俄有女娘數隊, 自朱門騎馬而出, 金鞍玉勒, 光彩照人. 生以爲桃也, 卽投身於路傍空店中窺之, 閱盡十餘輩, 而桃不出. 生心中大疑, 還至橋頭, 則已不辨牛馬矣. 乃直入朱門, 了不見一人. 又至樓下, 亦不見一人. 正納悶間, 月色微明, 見樓北有蓮池, 池上雜花葱蘢, 花間細路屈曲. 生緣路潛行, 花盡處有堂. 由階而西折數十步, 遙見葡萄架下有屋, 小而極麗. 紗窓半啓, 畫燭高燒, 燭影下紅裙翠袖, 隱隱然往來, 如在畫圖中. 生匿身而往, 屛息而窺, 金屛彩褥奪人眼睛. 夫人衣紫羅衫, 斜倚白玉案而坐, 年近五十, 而從容顧眄之際, 綽有餘姸. 有少女, 年可十四五, 坐于夫人之側, 雲鬢綠鬢, 翠臉微紅, 明眸斜眄, 若流波之映秋月, 巧笑生渦, 若春花之含曉露. 桃坐于其間, 不啻若鴟梟之於鳳凰, 砂礫之於珠璣也. 生魂飛雲外, 心在空中, 幾欲狂叫突入者數次. 酒一行, 桃欲辭歸, 夫人挽留甚固, 而請歸益懇. 夫人曰: "平日不曾如此, 何遽邁邁若是? 其有情人之約乎?" 桃斂衽避席而對曰: "夫人下問, 妾敢不以實對?" 遂將與生結緣事, 細說一遍. 夫人未及言, 少女微笑, 流目視桃曰: "何不早言? 幾誤了一宵佳會也." 夫人亦大笑而許歸.

生趨出, 先至桃家, 擁衾佯睡, 鼻息如雷. 桃追至, 見生臥睡, 卽以手扶起曰: "郎君方做何夢耶?" 生應口朗吟曰: "夢入瑤臺彩雲裏, 九華帳裏夢仙娥." 桃不悅, 詰之曰: "所謂仙娥是何人也?" 生無言可答, 卽繼吟曰: "覺來却喜仙娥在, 奈此滿堂花月何!" 仍撫桃背曰: "爾非吾仙娥耶?" 桃笑曰: "然則郎君豈非妾仙郎耶?" 自此相呼以仙娥, 仙郎呼之. 生問晚來之故, 桃曰: "宴罷後, 夫人令他妓皆歸, 獨留妾於少女仙花之堂. 更設小酌, 以此差遲耳." 生細細仍問, 則曰: "仙花字芳卿, 年纔三五. 姿貌雅麗, 殆非塵世間人. 又工詞曲, 巧於刺繡, 非賤妾所敢望也. 昨日新製〈風入松〉詞, 欲被之琴絃, 以妾知音律故, 留與度曲耳." 生曰: "其詞可得聞乎?" 桃朗吟一遍曰:

玉窓花爛日遲遲,
院靜簾垂.
沙頭彩鴨依斜照,
羨一雙對浴春池.
柳外輕烟漠漠,
烟中細柳絲絲.

美人睡起倚欄時,
翠斂愁眉.
燕雛解語鶯聲老,
恨韶華夢裏都衰.
却把瑤琴輕弄,
曲中幽怨誰知?

每誦一句, 生暗暗稱奇. 乃詒桃曰: "此曲盡閨裏春懷, 非蘇若蘭織錦手, 未易到也. 雖然, 不及吾仙娥雕花刻玉之才也." 生自見仙花之後,向桃之情淺薄, 應酬之際, 勉爲笑歡, 而一心則惟仙花是念.

一日, 夫人呼小子國英曰: "汝年十二, 尙未就學, 他日成人, 何以自立? 聞裵娘夫婿周生乃能文之士也. 汝往請學可乎!" 夫人家法甚嚴, 國英不敢違命, 卽日挾冊就生. 生中心暗喜曰: '吾事諧矣.' 再三謙讓而後敎之.

一日, 俟桃不在家, 從容謂國英曰: "爾往來受業, 甚是苦勞. 爾家若有別舍, 我移寓于爾家, 則爾無往來之勞, 而吾之敎爾專矣." 國英拜辭曰: "不敢請所願也." 歸白於夫人, 卽日迎生. 桃自外歸, 大驚曰: "仙郎殆有私乎? 奈何棄妾他適." 生曰: "聞丞相家藏書三萬軸, 而夫人不欲以先公舊物妄自出入, 吾欲往讀人間所未見書耳." 桃曰: "郎君之勤業, 妾之福也."

生移寓于丞相家, 晝則與國英同住, 夜則門闥甚密, 無計可施. 輾轉浹旬, 忽自念曰: '始吾來此, 本圖仙花. 今芳春已盡, 奇遇未成, 俟河之淸, 人壽幾何? 不如昏夜唐突, 事成則爲慶, 不成則見烹, 可也.' 是夜無月, 生踰墻數重, 方至仙花之室, 回廊曲檻, 簾幕重重. 良久諦視, 並無人迹, 但見仙花明燭理曲. 生伏於檻間, 聽其所爲. 仙花理曲罷, 細吟蘇子瞻〈賀新郎〉詞曰:

簾外誰來推繡戶,
枉敎人夢斷瑤臺曲,
又却是,
風敲竹.

生卽於簾下, 微吟曰:

莫言風動竹,
直箇玉人來.

仙花佯若不聞, 卽滅燭就寢. 生入與同枕, 仙花稚年弱質, 未堪情事, 微雲澁雨, 柳態花嬌, 芳啼軟語, 淺笑輕嚬. 生蜂貪蝶戀, 意迷神融, 不覺近曉. 忽聞流鶯睍睆, 啼在檻外花梢. 生驚起出戶, 則池館悄然, 曙氣朦朧矣. 仙花送生出門, 却閉門而入曰: "此後勿得再來! 機事一洩, 死生可念." 生堙塞胸中, 哽咽趨去而答曰: "纔成好事, 一何相待之薄耶!" 仙花笑曰: "前言戲之耳. 將子無怒, 昏以爲期." 生諾諾連聲而去. 仙花還室, 作〈早夏聞曉鶯〉一絶, 題窓上曰:

漠漠輕陰雨後天, 綠楊如畫草如烟.
春愁不共春歸去, 又逐曉鶯來枕邊.

後夜, 生又至, 忽聞墻底樹陰中, 夏然有曳履聲, 恐爲人所覺, 便欲返走. 曳履者却以靑梅子擲之, 正中生背. 生狼狽無所逃避, 投伏叢篁之下. 曳履者, 低聲語曰: "周生無恐. 鶯鶯在此." 生方知爲仙花所誤, 乃起抱腰曰: "一何欺人若是?" 仙花笑曰: "豈敢誣郎. 郎自悯耳." 生曰: "偸香盜玉, 安得不悯?" 便携手入室, 見窓上絶句, 指其尾曰: "佳人有甚愁而出言若是耶?" 仙花悄然曰: "女子之一身, 與愁俱生, 未相見, 願相見; 旣相見, 恐相離. 女子之身, 安住而無愁哉? 況郎犯折檀之譏, 妾受行露之辱. 一朝不幸, 情跡敗露, 則不容於親戚, 見賤於鄕黨. 雖欲與郎執手偕老, 那可得乎? 今日之事, 比如雲間月, 葉中花, 縱得一時之好, 其奈不久何?" 言訖淚下, 珠恨玉怨, 殆不自堪. 生扙淚慰之曰: "丈夫豈不取一女子乎? 我當終修媒妁之信以禮迎子, 子休煩惱." 仙花收淚謝曰: "必如郎言, '桃夭灼灼, 縱乏宜家'之德, '采蘩祁祁, 庶盡奉祭'之誠." 自出香盒中小粧鏡, 分爲二段, 一以自藏, 一以授生曰: "留待洞房花燭之夜, 再合可也." 又以紈扇贈生曰: "二物雖微, 足表心曲. 幸念乘鸞之妾, 莫貽秋風之怨. 縱失姮娥之影, 須憐明月之輝." 自此昏聚曉散, 無夕不會.

一日, 生忽念久不見裵桃, 恐桃見怪, 乃往桃家不歸. 仙花夜至生館, 潛發生粧囊, 得桃寄生詩數幅. 不勝恚妬, 取案上筆墨, 塗抹如鴉. 自製〈眼兒眉〉一闋, 書于翠綃, 投之囊中而去. 其詞曰:

窓外疏螢滅復流.
斜月在高樓,
一階竹韻,
滿堂梧影,
夜靜人愁.

此時蕩子無消息.
何處作閑遊?
也應不念,
離情脉脉,
坐數更籌.

明日生還, 仙花了無妬恨之色, 又不言發囊之事, 蓋欲令生自認, 而生曠然無他念.

一日, 夫人設宴, 召見裵桃, 稱周生之學行, 且謝敎子之勤, 親自酌酒, 令桃傳致於生. 生是夜爲盃酒所困, 矇不省事. 桃獨坐無寐, 偶發粧囊, 見其詞爲汁所昏, 心頗疑之. 又得〈眼兒眉〉詞, 知仙花所爲, 乃大怒. 取其詞, 納諸袖中, 又封結其囊如舊, 坐而待朝. 生酒醒, 桃徐問曰: "郎君久寓於此而不歸, 何也?" 曰: "國英未卒業故也." 桃曰: "敎妻之弟, 不容不盡心也." 生赧然面頸發赤曰: "是何言歟?" 桃良久不言. 生惶惶失措, 掩面伏地. 桃乃出其詞, 投之生前曰: "踰墻相從, 鑽穴相窺, 豈君子所可爲哉? 我將入, 白于夫人." 便引身起. 生慌忙抱持, 以實告之. 且叩頭懇乞曰: "仙花兒與我, 永結芳盟, 何忍致人於死地?" 桃意方回, 曰: "郎君便可與妾同歸. 不然則郎既背約, 妾何守盟?" 生不得已托以他故, 復歸桃家. 桃自覺仙花之事, 不復稱生爲仙郎者, 蓋心不平也. 生篤念仙花, 日成憔悴, 托病不起者再旬.

俄而國英病死. 生具祭物, 往奠于柩前. 仙花亦因生致病, 起居須人, 忽聞生至, 力疾強起, 淡粧素服, 獨立於簾內. 生奠罷, 遙見仙花, 流目送情而出. 低徊顧眄之間, 已杳然無覿矣.

後數月, 桃得病不起. 將死, 枕生膝, 含淚而言曰: "妾以葑菲之下體, 依松栢之餘蔭, 豈料芳菲未歇, 鶗鴂先鳴! 今與郎君便永訣矣. 綺羅管絃, 從此畢矣. 夙昔之願, 已缺然矣. 但望妾死之後, 娶仙花爲配, 埋我骨於郎君往來之側, 則雖死之日, 猶生之年也." 言訖氣絕, 良久乃甦, 開眼視生曰: "周郎周郎! 珍重珍重!" 連言數次而死. 生大慟, 乃葬于湖上大路傍, 從其願也. 祭之以文, 曰:

維年月日, 梅川居士, 以蕉黃荔丹之奠, 祭于裵娘之靈. 嗚呼! 惟靈. 花情艷麗, 月態輕盈. 舞學章臺之柳, 風欺綠線, 色奪幽谷之蘭, 露濕紅英. 回文則蘇若蘭詎容獨步? 艷詞則賈雲華難可爭名. 名雖編於樂籍, 志則存於幽貞. 某也, 蕩情風中之絮, 孤蹤水上之萍. 言采沬鄉之唐, 贈之以相好, 不負東門之楊, 副之以不忘. 月出皎兮, 結我芳盟. 雲窓夜靜, 花院春晴. 一椀瓊漿, 幾曲鸞笙. 豈意時移事往, 樂極哀生? 翡翠之衾未暖, 鴛鴦之夢先驚. 雲消歡意, 雨散恩情. 屬目而羅裙變色, 接耳而玉珮無聲, 一尺魯縞尙有餘香. 朱絃綠綺, 虛在銀床, 藍橋舊宅, 付之紅娘. 嗚呼! 佳人難得, 德音不忘. 玉貌花容, 宛在目傍. 天長地久, 此恨茫茫. 他鄉失侶, 誰賴是憑? 復理舊楫, 再就來程. 湖海闊遠, 乾坤崢嶸. 孤帆萬里, 去去何依? 他年一哭, 浩蕩難期. 山有歸雲, 江有廻潮. 娘之去矣, 一何寂寥. 致祭者酒, 陳情者文. 臨風一奠, 庶格芳魂. 尙饗.

祭罷, 與二叉鬟別, 曰: "汝等好守家舍. 我他日得志, 必來收汝." 叉鬟
泣曰: "兒輩仰主娘如母, 主娘視兒輩如女. 兒輩薄命, 主娘早歿, 所
恃以慰此心者, 惟有郎君. 今郎君又去, 兒輩何依?" 號哭不已. 生再
三慰撫, 揮淚登舟, 不忍發棹.

是夕, 宿于垂虹橋下, 望見仙花之院, 銀缸絳燭, 明滅林裏. 生念佳期
之已邁, 嗟後會之無因, 口占〈長相思〉一闋曰:

花滿烟,
柳滿烟.
音信初憑春色傳,
綠窓深處眠.

好因緣,
惡因緣.
曉院銀釭已惘然,
歸帆雲水邊.

生達曉沈吟, 輾轉不寐. 欲去則仙花永隔, 欲留則裵桃, 國英已死, 聊
無所賴. 百爾所思, 未得其一. 平明, 不得已開船進棹. 仙花之院, 裵
桃之塚, 看看漸遠, 山回江轉, 忽已隔矣.

生之母族張老者, 湖州巨富也, 素以睦族稱. 生試往依焉, 張老舘待之
甚厚. 生身雖安逸, 念仙花之情, 久而彌篤. 轉轉之間, 又及春月, 實萬
曆壬辰也. 張老見生容貌日悴, 怪而問之. 生不敢隱, 告之以實. 張老
曰: "汝有心事, 何不早言? 老妻與盧丞相同姓, 累世通家. 老當爲汝
圖之." 明日, 張老令妻修書, 送蒼頭專往錢塘, 議王, 謝之親焉.

仙花自別生後, 支離在床, 綠憔紅悴. 夫人亦知周生所一崇, 欲成其

志, 生已去矣, 無可奈何. 忽得盧家書, 闔家驚喜. 仙花亦强起梳洗,
有若平昔. 乃以是年九月爲結縭之期. 生日往浦口, 悵望蒼頭之還. 未
及一旬, 蒼頭乃還, 傳其定婚之意, 又以仙花私書授生. 生發書視之,
粉香淚痕, 哀怨可想. 其書曰:

> 薄命妾仙花, 沐髮淸齋, 上書周郎足下. 妾本弱質, 養在深閨, 每念
> 韶華之易邁, 掩鏡自惜, 縱懷行雨之芳心, 對人生羞. 見陌頭之楊,
> 則春情駘蕩, 聞枝上之鶯, 則曉思朦朧. 一朝彩蝶傳情, 仙禽引路.
> 東方之月, 姝子在闥. 子旣踰垣, 我豈愛檀? 玄霜搗盡, 不上崎嶇
> 之玉京. 明月中分, 空成契闊之深盟. 那圖好事難常, 佳期已阻? 心
> 乎愛矣, 躬自悼矣. 人去春來, 魚沈雁斷. 雨打梨花, 門掩黃昏. 千
> 回萬轉, 憔悴因郎. 錦帳空兮晝寂寂, 銀釭滅兮夜沈沈. 一日誤身,
> 百年含情. 殘花打腮, 片月凝眸. 三魂已鎖, 八翼莫飛. 早知如此,
> 不如無生. 今則月老有信, 星期可待, 而單居悄悄, 疾病沈綿, 花顏
> 減彩, 雲鬢無光. 郎雖見之, 不復前度之恩情矣. 但所恐者, 微懷
> 未吐, 溘然朝露, 九重泉路, 私恨無窮. 朝見郎君, 一訴衷情, 夕閉
> 幽房, 無所怨矣. 雲山萬里, 信使難頻, 引領遙望, 骨折魂飛. 湖州
> 地偏, 瘴氣侵入, 努力自愛, 千萬珍重! 千萬情緒, 不堪言盡, 分付
> 歸鴻, 帶將去矣. 某月日, 仙花白.

生讀罷, 如夢初回, 似醉方醒, 且悲且喜. 而屈指九月, 猶以爲遠, 欲
改定其期, 乃請張老再遣蒼頭, 又以私答仙花之書曰:

> 芳卿足下. 三生緣重, 千里書來, 感物懷人, 能不依依? 昔者投迹玉
> 院, 托身瓊林, 春心一發, 雨意難禁. 花間結約, 月下成緣, 猥蒙顧
> 念, 信誓琅琅. 自念此生, 難報深恩. 人間好事, 造物多猜, 那知一
> 夜之別, 竟作經年之恨? 相去敻絶, 山川脩阻, 匹馬天涯, 幾度惆
> 悵. 雁叫吳雲, 猿啼楚岫, 旅舘獨眠, 孤燈悄悄, 人非木石, 能不悲

哉? 嗟乎芳卿! 別離傷懷, 子所知也. 古人云'一日不見, 如三秋兮.' 以此推之, 一月便是九十年矣. 若待高秋以定佳期, 則不如求我於荒山衰草之裏矣. 情不可極, 言不可盡. 臨楮嗚咽, 夫復何言! 月日某白.

書旣具, 未傳. 會朝鮮爲倭賊所迫, 請兵於天朝甚急. 皇帝以爲朝鮮至誠事大, 不可不救. 且朝鮮破, 則鴨綠以西亦不得安枕而臥矣. 況存亡繼絶, 王者之事也. 特命提督李如松率軍討賊. 而行人司行人薛藩, 回自朝鮮, 奏曰: "北方之人善禦虜, 南方之人善禦倭. 今日之役, 非南兵不可." 於是湖, 浙諸郡縣, 發兵甚急. 遊擊將軍姓某, 素知生名, 引以爲書記之任, 生辭不獲已. 至朝鮮, 登安州百祥樓, 作七言古風. 失其全篇, 惟記結尾四句, 其詩曰:

愁來獨登江上樓, 樓外靑山多幾許?
也能遮我望鄕眼, 不能隔斷愁來路.

明年癸巳春, 天兵大破倭賊, 追至慶尙道. 生置念仙花, 遂成沈痼, 不能從軍南下, 留在松都都. 余適以事往, 遇生於舘驛之中, 語言不同, 以書通情. 生以余解文, 待之甚厚. 余詢其致病之由, 愀然不答. 是日爲雨所拘, 因與生張燈夜話, 生以〈踏沙行〉一闋示余, 其詞曰:

隻影無憑,
離懷難吐,
歸鴻暗暗連江樹.
旅窓殘燭已驚心,
可堪更聽黃昏雨.

閬苑雲迷,

瀛州海阻,

玉樓珠箔今何許?

孤踪願作水上萍,

一夜流向吳江去.

余異其詞意, 懇問不已, 生乃自敍其首尾如此. 又自囊中出示一卷書,
名曰〈花間集〉, 生與仙花, 裵桃唱和詩百餘首, 儕輩詠其詞者又十餘
篇. 生爲余墮淚, 求余詩甚切. 余效元稹會眞詩體, 作十餘韻排律, 題
其卷端以贈之. 又從而慰之曰: "大丈夫所憂者, 功名未就耳. 天下豈
無美婦人乎? 況今三韓已定, 六師將還, 東風已與周郎便矣. 莫慮喬氏
之鎖於他人之院也." 明早揖別, 生再三謝曰: "可笑之事, 不必傳也."
時生年二十七. 眉宇炯然, 望之如畫云.

癸巳仲夏, 無言子權汝章記.

원전으로 읽는 최척전 주생전

2022년 09월 19일 초판 1쇄 발행

번역   김경조
교정·운문   전병수

발행인   전병수
편집·디자인   배민정
발행   도서출판 수류화개
             등록 제569-251002015000018호 (2015.3.4.)
             주소 세종시 한누리대로 312 노블비지니스타운 704호
             전화 044-905-2248
             팩스 02-6280-0258

             메일 waterflowerpress@naver.com
             홈페이지 http://blog.naver.com/waterflowerpress

ⓒ 도서출판 수류화개, 2022

값 16,000원
ISBN 979-11-92153-06-3(03810)